Best Time

白 马 时 光

松香的秘密

RESIN

［丹麦］安妮·瑞尔 著

肖心怡 译

百花洲文艺出版社

图书在版编目（CIP）数据

松香的秘密 /（丹）安妮·瑞尔著；肖心怡译. -- 南昌：百花洲文艺出版社，2020.12
ISBN 978-7-5500-3846-2

Ⅰ.①松… Ⅱ.①安…②肖… Ⅲ.①长篇小说—丹麦—现代 Ⅳ.①I534.45

中国版本图书馆 CIP 数据核字（2020）第 192042 号

江西省版权局著作权合同登记号：14-2020-0271

Resin by Ane Riel
Copyright © 2015 by Ane Riel
Published in agreement with Copenhagen Literary Agency, through The Grayhawk Agency Ltd.
Simplified Chinese translation copyright ©2021 by Beijing White Horse Time Culture Development Co., Ltd.
All Rights Reserved.

松香的秘密
SONG XIANG DE MIMI

〔丹麦〕安妮·瑞尔 著　肖心怡 译

出 版 人	章华荣
出 品 人	李国靖
特约监制	王　瑜
责任编辑	刘　云　黄文尹
特约策划	王俊艳
特约编辑	石　雯
封面设计	林　丽
版式设计	陈　飞
出版发行	百花洲文艺出版社
社　　址	南昌市红谷滩世贸路 898 号博能中心Ⅰ期 A 座 20 楼
邮　　编	330038
经　　销	全国新华书店
印　　刷	河北鹏润印刷有限公司
开　　本	880mm×1230mm　1/32
印　　张	8.5
字　　数	190 千字
版　　次	2021 年 1 月第 1 版第 1 次印刷
书　　号	ISBN 978-7-5500-3846-2
定　　价	42.00 元

赣版权登字：05-2020-162
版权所有，侵权必究
发行电话　0791-86895108　　　网　址　www.bhzwy.com
图书若有印装错误，影响阅读，可向承印厂联系调换。

我明白了一切都会回来,
　没有什么会永远消失。

小船上的那一天是我记忆里最阳光灿烂的一天。
后来，在我不得不坐在废料斗的角落里，
还得保持万分安静的时候，我有时会想起那一天。
在黑暗中回想光明的事情是很美好的。

目录

莉芙　001　　　杨斯·霍尔德的故事　015
剧变　036　　　幸福　048
我的奶奶　056　　归来　059
光与空气　067

黑暗与混乱　078　　十二月　085
杀死她　097　　　新来的　108
卡尔和游戏　114　　新生与死亡　120
酒馆和孩子　136

目录

留住她 149　　我的妹妹 157

向北 166

事情发生的那一天 174

一塌糊涂 190　　噩梦 210

邮差 213

M 217　　岬角上的男人 222

化蛹 236　　俘虏 238

炼狱 247

我们需要时间 257

莉芙

爸爸杀死奶奶的时候,"白色房间"里一片漆黑。那天我在,卡尔也在,但他们没注意到他。那是平安夜那天的早晨,已经开始下雪了,但那年我们并没能过上一个好好的白色圣诞节。

那时候一切都不太一样。那时候爸爸的东西还没把客厅堆得满满当当,满到我们连进都进不去的程度。那时候妈妈的身体还没有长到那么胖,胖到其至走不出卧室。但那时候他们已经对外宣称我死了,这样我也就不用去上学了。

或者比那还要更早一点?我并不怎么擅长记住事情发生的时间,总是把它们的顺序搞混。你生命中的最初几年就好像永远都不会结束似的。那位女士告诉我,这是因为当你第一次尝试做某件事的时候,它会给你留下深刻的印象,而这些印象会占据你脑海中的很多空间。她就是这么说的。

那时候,我的生活中发生了很多事情,而且很多都是我人生中的第一次。比如眼睁睁看着我奶奶死去。

我们家的圣诞树是挂在天花板上的。这并没什么新鲜，爸爸过去常常把东西挂在天花板上，这样他就能往客厅里塞进更多东西了。他会把我们的礼物堆在树的下面，所以我们总希望他带回来的树越小越好。

那一年的圣诞树一定很小，因为树下有足够的空间放很大的礼物。其中一件是爸爸在他的工作室给我做的卡丁车，特别厉害！车座上的红色垫子是妈妈做的。妈妈和爸爸总会亲手为我们做礼物。那个时候我还不知道别人家的孩子收到的礼物都是从商店里买来的，我甚至都不知道其他人也会有孩子，而他们的孩子也会收礼物。我们也不在乎。我和卡尔有礼物收就很高兴了，而且我们爱妈妈和爸爸。卡尔确实也曾经对他们生过几回气，但他永远都不会说出为什么。

这个圣诞节不一样的地方是我奶奶刚刚死了。我们以前还从来没试过这样，显然，她也没有。她坐在那把绿色扶手椅上，看起来一副被吓坏了的模样，眼睛直勾勾地盯着圣诞树，一眨也不眨。我想她是在看着我用牛皮纸亲手做的那颗心吧。是她教我把纸折成心形的，就在她对爸爸说那些话之前。她可能不该说那些话。

我们觉得，那晚送走她之前，应该让她和我们一起围坐在树前。这个当然了，她要收礼物嘛。好吧，主要是我和爸爸这么想。主要是我。妈妈是因为我非要这样才妥协的。

我记得奶奶的脚放在脚凳上，我记得这个，或许是因为我正好坐在她对面的地板上吧。她的紫色紧身裤很薄，我能透过裤子看到她的内裤。她的棕色花边鞋闻起来有一股甜味，像是某种防水材质的味道。鞋子是全新的，是她在主岛上的一家商店里买的。她还穿着灰色裙子，红色上衣，披着白色海鸥图案的围巾。这些都是我在她箱子底找到的。是我坚持要在圣诞夜把她打扮得漂漂亮亮。要是她就穿着睡衣坐在那里，那感觉可不对。

那个圣诞节之后，再也没有人在那把扶手椅上坐过。很快，我们想坐也没法坐了。

因为上面堆了太多东西。

奶奶没法自己拆开包礼物的报纸，这便成了我的工作。原本我还以为爸爸也给她做了一辆卡丁车呢，因为她的礼物也是一个带轮子的长木箱。结果呢，他给她做了一口棺材，没有方向盘，也没有红色的坐垫。没有盖子。他说不需要盖子。棺材里唯一放着的东西是早上用来闷死她的那个枕头。

我们把奶奶放进棺材里——这次她的头枕在了枕头上，而不是被压在枕头下。之后爸爸从后门把她推了出去，绕过房子，经过那一堆木头，来到牲口棚后面的田地里。我和卡尔坐着卡丁车跟在后面。像往常一样，我负责让车子往前进，要是靠卡尔，我们可能就会停在原地哪里也去不了了。妈妈也在后面跟着。她总是很慢。

周围一片漆黑。但我们已经习惯了在黑暗中出门，到处走动。那个圣诞夜的天空一定是阴云密布，因为我一颗星星都没有看到。我们几乎连房子周围的森林和田野都看不见。那天早上风还很大，可当时，一切都静止不动，先前下的雪也融化了。圣诞节似乎决意要让自己安静又黑暗。

我们用打火机、报纸和超长的火柴把奶奶点着了。大人们平常从来都不许我们玩那种火柴，但卡尔还是会偷偷玩。当然，我们事先脱下了她的鞋。那双鞋是全新的，还是防水的。

没过多久，温度越来越高，我们不得不向后撤去。很快，火焰变得如此明亮，院子后面的水槽从黑暗中显露出了影子，我们还能辨认出树林边缘低矮的灌木丛。四下张望的时候，我看到自己的影子在身后牲口棚的外墙上跳舞，在火焰的光辉中，我还能清楚地看到爸爸和妈妈。他们手牵着手。

我又看了一眼燃烧着的白发奶奶，胃像是在肚子里翻了个筋斗。

"这样她真的不疼吗？"我问。

"不疼，你别担心，"爸爸说，"她什么都感觉不到的。她已经不在这个世界了。"

我当时站在卡丁车里，眼睛明明还能看到棺材里的奶奶呢，所以他这样说好像有点奇怪。可话又说回来，我总是全心全意地相信爸爸说的话。他什么都知道。是他告诉我，在黑暗中你就不会感觉到疼痛。比如，海底的鱼在咬我们的鱼钩时就不会痛，而兔子如果在晚上被我们的捕兽夹捉住，它们也完全不会痛。"黑暗会带走痛苦，"爸爸总是这么说，"而且我们只在我们需要的时候抓兔子。"嗯，这就是为什么像我们这样的好人只在晚上捕猎。

再说了，奶奶燃烧的时候一点声音都没出，这不就是我所需要的证据吗？要是她感觉到痛，或是有什么事不顺她的意，她总会大声抱怨的。那天早上她被一箱子金枪鱼罐头砸到头，发出的尖叫声就超级大，我从来都没听过那么大的尖叫声。她的脾气真的很大。

第二天早上我们去看她的时候，她还在冒烟——或者我应该说，去看她还剩下的部分吧，因为真的没剩多少了。她的离去让我有一些难过，因为和她一起住有时候还挺好的，她做的松饼很好吃。

晚些时候我再过去，那里就什么也没留下了，我只看到一片黑土和烧焦的草。爸爸说他都清理好了，还埋葬了她。他一直也没告诉我埋在了哪里。

后来我常常想，爸爸用枕头闷死她做得到底对不对。但他坚持说他做得很对，要是不这样做，事情会变得更糟。

而且爸爸动手的时候，奶奶也并没有抗议。只是她的身体在床上一弹一弹的，一直到完全咽气了才停下来。这有点像我们的小船里捕上来的那些在空气中无法呼吸的鱼。这就是我们为什么要猛砸那些鱼儿的头呀——为了让它们不再受苦。毕竟，没有人是注定要受苦的。

幸运的是，平安夜那天早上，奶奶的卧室里一片漆黑，所以她被杀也不会痛的——至少我当时是那么想的。不管怎么说，一切都发生得很快，因为爸爸往下压得很用力。卖圣诞树、搬运厚木板、拖动东西、制作家具，这些事情都能让你变得强壮。也许就连我也可以做到吧。他总说，就我的年龄来讲，我真的很强壮，尤其我还是个女孩。

我们住在岬角上，那是大岛之外的一个小岛。住在这里的只有我们一家人，我们的生活全靠自己。

岬角与主岛之间有一条狭长的陆地相连，人们管那叫"颈部"。之前也说过，我对时间和日期什么的不敏感，不过爸爸曾经说过，如果走得快的话，只要半小时，就可以从我们家穿过"颈部"，来到主岛上最近的村落；再走个十五分钟，就能到科尔斯特德，那是岛上最大的城市。我以为科尔斯特德就已经很大了，但奶奶告诉我，和陆地上的城镇相比，它实在是太小了。想到那么多人生活在一个地方，我就觉得很恐怖。在陌生人身边会让我觉得不安全。"你永远都不知道对方是什么样的人，"爸爸总这么说，"还有，你不能让自己被他们的微笑欺骗。"

主岛上的居民们唯一的好处就是，他们有我们需要的一切。

由于现在爸爸不太喜欢在夜里离开岬角，因此为一家人去取东西的任务就落在了我的肩上。爸爸很早之前就教过我怎么做了。但我还是更喜欢以前，喜欢我们一起去的时候。

过去，我们两个常常等到半夜别人都熟睡了，才开着皮卡车出发。我们总能找到一个地方藏车，然后偷偷摸摸地四处逛，在牲口棚和储物屋里找东西，有时还会去人家的客厅和厨房，或者其他地方。有一次，我们蹑手蹑脚地走进一个女人的卧室，她喝得烂醉，我们拿走了她的被子她都没有发觉。后来我也很好奇，当她醒来，发现被子不见了的时候会怎么想。爸爸告诉我，他第二天在科尔斯特德的主街上看到了她，她看起来有点困惑的样子。但这又怎么能怪她呢？那是一床鹅绒被。爸爸说她继承了很大一笔遗产。可能她以为被子飞走了？

那床鹅绒被归了妈妈，我则得到了妈妈的旧被子——那是爸爸在那一年早些时候用一个非常好的肉饼压模换的，那是鸭绒的。几个月后，我们又从理发师那儿把那个肉饼压模拿了回来。我们从来也没想让那玩意儿一直留在他手上。理发师和他妻子的卧室在二楼，肉饼压模在一楼的厨房里,他们甚至连后门都没有锁,我们拿回它实在是太容易了。那个时候,我深信我们去他家拿回我们的东西——或者拿走他的其他东西,或者不管去谁家拿东西,都是完全没有问题的。他的妻子总是很难闻,你在厨房里都能闻到她身上的味道。要是我是那理发师的话,我会希望被人带走的是她,而不是那个肉饼压模。爸爸说那味道叫香水。

妈妈的鸭绒被上也有那个理发师妻子的味道,留了好长时间。不过当它传到我手上的时候,它闻起来就基本上只有妈妈的味道了,谢天谢地,香水味绝对没有了,也绝对不是鸭子的味道。但妈妈的新鹅绒被闻起来有一股酒味。妈妈喝过的最烈的东西也就是咖啡加奶油了,而到了最后,她已经只喝水泵里的水了。我稍后会讲到那部分。

爸爸很擅长开门开窗。他告诉我,那是他的爸爸教给他的。我从来没见过爷爷,但我知道他的名字叫塞拉斯。爸爸也教给了我怎么做这些,我在他的工作室里,用我们找来的门窗疯狂练习。主岛的垃圾场里有很多这样的东西,我们会用皮卡车一车一车地运回来。我不明白为什么人们会扔掉它们——你总有办法修好的呀,再说你还能打开它们、关上它们,以此为乐。

我们尽量不去那些装了新门的房子,因为如果那些房子里的人决定锁上门,我们就很难打开。幸运的是,这样的情况并不多见。而且我们成功地进了一幢房子,里面通常都会有间牲口棚或者储物屋,我们就在那里面找些东西带走。有一次我们带走了一只猪。我们缺一只猪,而那个农民又有那么多,他自己根本不可能吃得完。我记得当时我还很奇怪猪为什么没有叫出声来,爸爸把它抱起来的时候它甚至都不害怕。不过，他确实很有一套对付动物的办法，不管是什么动物。他也很擅长宰杀动物，让它们根本感觉不到痛苦。他说，这只是善待动物的另一种方法。

我刚开始要一个人出去做这些的时候，其实对自己不太有信心。尤其是上一次和爸爸出去还差一点出了事。那天我们在路边发现几根生锈的长铁梁，把它们推到了皮卡车的车斗里。后来在某个村庄转弯的时候，其中一根铁梁撞到了墙上，发出一声巨响。几户人家的灯亮了起来，但爸爸在最后一刻拐进了一条土路，我们躲到了篱笆后面，所以没人看到我们。第二天，我们把那些铁梁拖到了楼上，刚好勉强塞进走廊。那之后，我们走路就得很小心了，不然就会踢到它们。

还有一次我们差点被抓到，但那是我的错。我在水管工家的车库里不小心踩到了轮毂盖。听到水管工开门的声音，我屏住呼吸躲到了角落里。要是当时他的猫没有扑到他身上，他就会打开灯发现我了。但当时，他厉声冲猫吼了一句："是你弄出来的噪声吗？快进去。"

我从车库出来时，爸爸脸色煞白。他就在后面等着，听到了一切，不过不知道那只猫的事。

但很快我就发现，离开爸爸独自行动是有一些好处的。我个头小，速度更快，还学会了像老鼠一样安静地移动。我都是用走的或者跑的，因为我还没到能开皮卡车的年纪，也不喜欢骑我的脚踏车。我在黑暗中的视力比爸爸更好。"你得像只猫头鹰一样。"他常这么说。而我确实就像一只猫头鹰，尽管我不能飞，而且不管怎样尝试，脖子也不能转三百六十度。后来我明白了，我做不到这个的。卡尔也试过，他当然会去试了。他比我做得好一点。

妈妈很少发表评论。我觉得她不怎么喜欢我们晚上出去。不过她喜欢我们带回来的东西。特别是酒馆厨房里的食物。

在岬角的生活里，我记得的第一件事就是新鲜松香的味道：那鼻子里有趣的瘙痒感，手掌上黏糊糊的感觉，还有爸爸用平静的声音向我介绍这种树木生产出来的汁液。他说这是一种奇怪的汁液，因为它可以抵御攻击，治愈伤口，还能永远保存小动物的尸体。我还记得我见到一只蚂蚁在一棵树的树皮上向上爬，想要找到一条路绕过那一滴一滴黏稠的、金黄色的汁液。它消失在树皮的一条裂缝里，没过多久又从更加靠上一点的另一个地方爬了出来，就那么继续向上、向前。

后来，我悄悄告诉那些流血的树，它们的伤口很快就会愈合，因为松香是它们的医治者和保护者。树是我的朋友。

蚂蚁是我们共同的熟人。它们无处不在，这些小小的、钢铁般的生物总能找到一条路。它们上树，下树，穿过草地，穿过院子，穿过厨房，向上爬进橱柜，再向下钻进蜂蜜罐里，然后穿过客厅，回到蚁丘里的家。它们总是拽着食物或者是 些看起来并没有什么用的东西——有时候还会拽着一只死去的蚂蚁同伴。

我们房子后面的这些树，我也不确定在其他人看来这能不能算得上一片森林。多少棵树才能算得上森林呢？但对卡尔和我来说，那就是一片森林，一片巨大的森林。不，还不只是那样。那是一个充满着气味、声音和生命的、无穷无尽的世界，它在远处的某个地方融化，变成一幅由唱歌的云雀、石楠和披碱草组成的风景画，再之后又融合进沙滩，融合进小溪，直至最后融合进无边无际的大海。

但石楠丛和大海是我后来才发现的东西。起初，我的世界里只有这棵树，这棵流血的树和那只聪明的、避开了可能让它窒息的黏糊糊的金色液体的蚂蚁。

后来我又注意到了别的树：云杉那扇形的树枝弯向地面，像是想要听清泥土到底在和它们说着什么悄悄话。云杉看起来总是那么伤感，尽管它们已经长得那么高了，却还总是渴望地向下触摸它们生长的地方。而松树完全不一样。它们的松针竖起来，松果爆裂开，看起来浓密又强壮。我总觉得它们对土地没有那么在意。我敢肯定它们是在仰望天空，而且啊，谁知道呢，要是能找到个从森林的地面起飞的方法，它们也许就会快乐地飞走了。但我也认为，它们最后还是会回来的。毕竟它们是属于岬角的，和我一样。还有那些沙沙作响的树。它们苗条的银色枝干隐藏在松针之间，顶端还装饰着绿色织就的花环。那些树叶小小的，像一颗颗尖头的心，在风中演奏着沙沙的音乐。我太喜欢这种声音了，我会坐在这些树下，等着风吹起来的时刻。我还记得，有一天当我看到树叶开始落下，散落在我周围的地面上，那时我是那么害怕。我觉得自己像是坐在一片迷失的心的海洋里。我试图把它们插回树枝上——当然是比较低矮的那些树枝，因为那时候我个子还很小——可不管我多么努力地尝试，结果却是掉下来的树叶越来越多。我不知道该怎么办，后来爸爸注意到了我，他向我解释了一切。

从那天起，森林就成了我最喜欢的地方，因为我明白了一切都会回来，没有什么会永远消失。一种颜色会代替另一种颜色，浅绿变成了深绿，深绿变成火红，火红变成金棕色，然后变成最深的黑色，变成土壤上的一层覆盖物。泥土也需要吃东西，才能把新的生命推向光明。黑暗替代了光明，光明又替代了黑暗。那一颗颗小小的心会重新长回来。

今天我觉得，爸爸最快乐的时候就是他被大自然包围的时候。那时他可以自由呼吸。那段时间之后，我们再也不曾拥有过那么多的新鲜空气和阳光。当我们躺在森林的地面上，看着树顶上的鸟儿的时候，我相信他和我一样，肚子里有阳光。早在妈妈教我英文字母歌之前，我就能分辨所有的鸟叫了。

现在我会想，不知道是不是那些新鲜空气让爸爸活下来的。新鲜空气，还有所有的阳光。或许你可以把它们存储在自己的身体里，以后再拿出来用，就像你能把记忆储存在自己的脑海中——就像你把薄脆饼和小饼干成堆地存放在食品柜里，把雨伞、轮毂和电唱机放在厨房里，把软管夹、渔网和罐头食品放在浴室里，一卷卷材料和铁梁、肥料、汽油罐、报纸和地毯堆在走廊里，发动机零件、弹簧床垫、自行车和木偶玩具、小提琴和家禽饲料堆在客厅，毛巾、鱼缸、缝纫机、蜡烛和成堆的书籍、饼干放在卧室，而麋鹿头毛绒玩具存放在隔壁房间，磁带、被子、沙袋、铝箔托盘、一袋袋的盐巴、油漆罐、盆子、泰迪熊和孩子们则装在一个又大又旧的废料斗里面。

这样讲起来，我自己都能感觉到这听起来很奇怪，但这就是我们那时的生活。后来我才明白，我们和其他人不一样。

爸爸肯定是和其他人不一样的。

妈妈也知道。我要开始读她写给我的信了。她把它们藏在一个细长的绿色文件夹里。那上面写着"给莉芙"。

那是我的名字——莉芙。

我不打算一次把所有的信都读完。我不喜欢它们很快就被读完，所以我一次只读一封。我有很多时间，那位女士是这么说的。

亲爱的莉芙：

  我把这封信放在最前面，剩下的信你就可以按照你喜欢的顺序读了。我甚至都不知道是不是有顺序。但我想让你先读这一封。

  我总也没有勇气对你说出我想告诉你的所有事，而现在我不再能够说话，我也就没有这个能力了。可是我一直都很想告诉你。但我还能写，你可以读——我教会了你阅读——有一天你或许能在这里读到我的想法。当那一天到来的时候，我希望你已经长到了足够能理解这一切的年纪。

  我已经给你写了一些更长的信，也有一些更短的，还有一些笔记、我的想法。我也不知道到最后一共会有多少信，也不知道结局会是怎样。

  我不知道该说我们的生活是童话，还是恐怖故事。也许两者兼而有之？我希望你能看到童话故事的那一面。

  我把这些信藏起来，不让你爸爸看到。这是最好的做法。只要我把它放在床的边缘和床垫之间，再盖上条毯子，就不会被人看见了。而且这样的话，当我有话想要对你说的时候，我也能比较容易拿到。

  现在要拿到这个对我来说越来越难了。现在我太重了，几乎不能翻身。我全身都疼。但我亲爱的女儿，我不会放弃给你写信的。

  如果我的信内容混乱,请原谅。但我想你已经习惯了在混乱中前行,所以,你或许可以以你的方式来理解这一切。或许你也会理解你的爸爸。又或许你已经理解了他吧。

  你要知道,我爱他。你也要知道,有一天他可能会杀了我。如果他那么做了,我会理解的,莉芙。

爱你的,妈妈

杨斯·霍尔德的故事

从前,莉芙的父亲被认为是岛上最英俊的男人,但到了后来,人们越来越难以理解这说法的由来。这不光是因为他的头发和胡子变得蓬乱不堪,更是因为到了最后,大家几乎压根儿就看不见他——胡子挡住了脸只是一方面,更重要的是,他总躲在他囤积的那堆东西后面。没有人想到,杨斯最后会变得这么不成样子。

这个岛上的人们是看着他长大的。也就是说,他们都认识他,了解他。他们看着他开着那辆古董皮卡车行驶在科尔斯特德的道路上。上了一定年纪的人都知道,这是他父亲曾经开过的那辆皮卡。岛上大部分人都知道,那时候,这辆车常常满载着新修复的木制家具或是待出售的圣诞树和杨斯。这个英俊的小家伙坐在这一堆东西的中间,开心地随着车子上下颠簸,他的脸是那么青春洋溢,那么清澈单纯。

⛰

　　他的人生原本有一个美好的开头。杨斯·霍尔德和他的哥哥莫恩斯一样，是备受宠爱的孩子。这两个男孩和他们的父母在岬角上过着怎么看都很美好的生活，他们是彼此最好的朋友，小岛就是他们的游乐场，父亲还教他们怎么在工作室里给他打下手。当然，到了适当的时候，这里也就成了他们工作的地方。

　　他们的父亲塞拉斯有着不少手艺，但最厉害的还是木工活儿。把事情做到极致对他来说是一种荣耀。他把每棵树都看成宝贝，是自然造就的奇迹。每一棵树，自打从地面上被砍倒的那一刻起，他便对它报以最大的尊重，不论它最终会以怎样的方式结束生命——是被投入火里当柴烧，做成木板、家具，或是被烘干做成圣诞树。或者活得比他还要长。某些特定的树会被制成装饰精美的棺材，再送回土里，回到它们曾经生长的地方。

　　两个男孩都继承了父亲做木工的天赋，但他们的相似之处也就仅此而已。

　　杨斯年纪要小一些。两个男孩在外面玩的时候，从厨房的窗户看出去的妈妈会觉得他更活跃，肤色更健康，长得也更帅。不过，不管从哪个方面看起来，莫恩斯的头脑都要更聪明些，这对她是个安慰。这意味着，到了孩子们接管生意的那一天，发展不会差。艾尔莎·霍尔德对自己大儿子的商业头脑很有信心，她私下里相信，莫恩斯总有一天会比他父亲更出色。

　　虽然，塞拉斯的确是位德高望重的木匠，但在金钱方面他可就没那么有天分了。他能赚钱，可还来不及购买生活必需品，这些钱就很快全被花在了不必要的东西上。这可不是他做木匠生意的目的。他是主岛上两家旧货商店的常客，并且在面对装满人们不要的废物的牲口棚时，总能发挥出他特殊的才能——塞拉斯总能找到些他喜欢的东西带回来。

他的妻子并不赞同他这么干，可塞拉斯就是控制不住自己。他相信，总有一天自己会发现这些东西的用处。他坚持说，这叫作"发现的眼睛"，能够发现事物的潜力。在最低贱的物品中也能找到伟大的宝藏。再说了，他不是用十二块旧马蹄铁做出了一个漂亮的吊灯吗？艾尔莎不得不承认，他确实做到了。那吊灯是那么好看，那么独特。他甚至还卖了几个枝形吊灯给主岛南海岸的游客，这样他就有钱买更多的马蹄铁了。

塞拉斯与树和木头有关的天赋还不仅仅是木工而已，他还非常了解树被砍下来之前该如何照顾它们。事实上，他会像父亲照顾孩子一样照顾岬角上所有的树。至于他的两个儿子呢，他也尽其所能地与他们分享了自己的爱和知识。杨斯全心全意地爱着这片森林，莫恩斯则在自己的头脑中爱着它。换句话说，当看到一棵树被砍倒的时候，杨斯会感到喉头抽痛，莫恩斯则会忙着计算它的价值。

当然，塞拉斯·霍尔德很爱他的两个孩子，这种爱不分薄厚。但或许，他还是爱杨斯更多一点。

塞拉斯想到过的最具远见也最挣钱的主意，就是扩大现有森林里树木的品种，种上一小片圣诞树。这样他就可以卖圣诞树和装饰用的树枝了——将它们卖给岛上的居民和一些来岛上的度假别墅过圣诞的人家，好让霍尔德一家的圣诞餐桌更丰盛一些。不过，只有当艾尔莎·霍尔德在塞拉斯把这些赚来的钱拿去买更多破烂货之前想办法拿到自己手上时，这事儿才能成真。

他们可以种很多的圣诞树，因为整个岬角上只住着他们这一家人。除了他们以外，没人有兴趣在这么一个偏僻的地方生活。即使在以前，在大树和灌木丛还没有失去控制地疯长、吞噬掉动物们觅食的那片空旷地带之前，也没有人愿意搬来。不过当地人还是很愿意偶尔来一趟的。尽管要走很远的路，或者要开车经过那条长长的地峡，他们还是会来找塞拉斯修东西，或者就单纯来找这家人聊聊天。岛上的居民都很尊重塞拉斯。他们欣赏他的手艺，也认为他的怪癖很有趣。例如，大家都知道，他会和他的树说话，而他的圣诞树总是很受欢迎。顾客们尤其喜欢听他在把圣诞树卖给他们之前和树低声告别。告别之后，他会在十二月的寒冷空气里搓搓手，而当他的妻子接过钱的时候，他看起来总会显得有些悲伤。

总之，塞拉斯不是普通人，但没有人怀疑他是个好人。他手工制作的棺木是如此漂亮，人们觉得，死后能被埋在这样的一副棺木里是一种荣幸。

除了塞拉斯·霍尔德本人和他的小儿子以外，没有人知道，这些棺木在被交给它们真正的主人之前，都被测试过。在棺材完工后的那个晚上，艾尔莎和莫恩斯熟睡后，他们俩会偷偷溜进工作室，在棺材里躺下。塞拉斯先进去，杨斯则趴在他的肚子上，任由自己被包裹在周围的黑暗和新鲜木材的香气里。

这是杨斯经历过的最美好、最安全的感觉。多年以后，当棺材里的时光已经变成模糊的童年记忆时，那种感觉还在。黑暗是一个值得信赖的朋友,一个充满爱的拥抱。

他们会聊起自行车店老板、面包师或不管哪个刚刚死去、马上就要躺在这棺材里的人。主岛上的人塞拉斯几乎都认识,或者至少会通过另一个人认识。他倒不是个喜欢说长道短的人。他从来都只说逝者的好话,比如说面包师总是善待店里出现的老鼠,或者说邮局局长对他妻子的爱多得要溢出来,他只好把这爱分给至少三个岛上其他的女人。

塞拉斯还向自己的小儿子透露,多年来,科尔斯特德的镇长都在自己的农场周围藏东西,而他们可以去拿这些东西,前提是他们能做到像老鼠一样安静,不让任何人看见,之后还要保证不向任何人说起,包括镇长自己。这是个有趣的小游戏,镇长只和少数几个有经验的人一起玩。他去世后,岛上的人们还在继续玩这个游戏,不过这是个大秘密,杨斯绝对不能告诉莫恩斯或其他任何人,尤其是他们的妈妈。因为妈妈不喜欢这种游戏。

在棺材里说的话,就让它留在棺材里。这是他们的约定。

不过,也并不是所有放进棺材里的东西都会留在那里。那天晚上,他们正在检查给面包师做的棺材,在爬上父亲的胸膛之前,杨斯突然灵光一闪。他转过身,开始在车床后面的箱子里翻找起来。

"你在做什么呢,杨斯?"父亲在棺材里叫他。

"我想把面包师的擀面杖给他放进去,"杨斯回来了,他小声骄傲地说,"如果我们把这个和他放在一起,你不觉得他会很高兴吗?

虽然这擀面杖的把手已经裂了。"

擀面杖的一端触到棺材底部时,发出"砰"的一声。又过了一会儿,塞拉斯才开口说道:"不不,我不这么觉得,杨斯。毕竟那擀面杖已经在我手上很长时间了,我也越来越喜欢它了——要不然,你觉得我为什么还要留着它呢?我们没必要把一件好好的东西给埋掉,它还能用呢。再说它还能让我们想起老面包师。嗯,擀面杖还是留在我们这里比较好。面包师接下来要去的地方用不上它的。"

"你是说在棺材里?"杨斯小声问。

"不,我说的是之后。"

"之后?他之后要去哪里?"

"这要看他做得好不好。"

"烤面包吗?"

"不,我不是指烤面包。更重要的是他生前有没有善待他人。"

"他有一次向我扔了一个裱花袋。"

"是吗?"

"嗯,因为我停下来碰了碰面包店的门框。就是你去年春天给他做的那个。"

"那你拿走那个裱花袋了吗?"

"嗯。"

"好孩子。"

"他接下来要去哪儿呢?"

"这很难说,这是大自然的决定。当他的身体在棺材里腐烂的时候,他的灵魂就会离开,变成别的东西。变成他应当变成的东西。"

"那可能会是什么呢?一只蝴蝶?一片草叶?一辆马车?"杨

斯大声数着心中想到的可能性,"一只肥胖的猪?"面包师的形象很容易和一只肥猪联系起来。

"谁知道呢?"

"他有可能再成为面包师吗?"

"我希望不会。"

"但他还会留在岛上吗?"

"谁知道呢?"

杨斯在棺材里思考着那天晚上的谈话。他知道了死亡并不是一切的结束,这让他感到安慰。但话又说回来,他并不想知道他自己死后会变成什么。他宁愿继续过着自己的生活。当然了,他可不想变成一只蚊子。他宁愿做一只蚂蚁,至少蚂蚁不会飞来飞去地叮别人。或者做一棵树也不错,这棵树有一天也会变成一口漂亮的棺材,有人可以躺在里面聊天。

关于死亡这个问题,他思考了很久。而有一个想法,他真是希望自己从来没有想到过:会死的不光是他自己。他的妈妈,还有莫恩斯,总有一天也会死去——爸爸也是。而不管他们死后变成什么,他们都不会再是他的妈妈,不会是莫恩斯,不会是爸爸了。意识到这一点后,他的肚子疼了好几天。这让他忍不住想,要是他能在他们之前死去,是不是会更好呢?这样他就不用活在世上思念他们了。可是这样的话,他们可能会思念他的,可能会很难过。如果他死后变成一棵树、一匹马或是一个稻草人,他们会注意到他吗?变成一个没人认得出来的稻草人,整天只能站在那里吓唬鸟儿,他想象不出还能有什么比这更可怕的了。他会变成一根擀面杖吗?要是他变的擀面杖坏了呢?

这些想法在他脑子里绕啊绕,乱作一团。他做了最可怕的噩梦,梦见自己被带到了垃圾场。他和祖父一起去过一次主岛上的垃圾场,扔了一堆他妈妈不想再看到的东西。他们回家时,塞拉斯刚好从森林里回来。那是两个男孩子第一次看到他们的父亲生气。他发现有人未经允许就拿走了他的东西,气得脸都紫了。他们的妈妈花了大半个下午来安抚自己的丈夫。但最后,这两人还是手拉手坐在了长凳上,而他们那两个如释重负的儿子则在院子里踢起了球。

不久后,他们的祖父去世了。一开始,莫恩斯和杨斯以为他们应该伤心难过,但父母告诉他们,这没有什么好难过的,因为他们的祖父年纪大了,生命原本就马上要走到尽头。再说他们和祖父的关系也并不怎么亲密,老人家住在岛的南部,很少到岬角来,即使来了也不怎么说话。他的离去并没给他们的生活带来太多改变。尽管如此,杨斯还是很想知道他的祖父死后想要变成什么,想知道他有没有成功。

祖父的棺材准备就绪的那个晚上,杨斯终于可以将心中的忧虑一吐为快。他舒舒服服地趴在父亲柔软的肚子上,父亲温暖的大手放在他的背后。塞拉斯的胡子偶尔拂过他的前额,虽然有点痒,但感觉很好。他们的呼吸都是同步的。

"你觉得爷爷会变成什么呢?"

"他是个好人。我想他会变成挺好的东西。"

"所以不会是蚊子喽?"

"不会。我觉得不会是蚊子。"

"一棵树?"

"嗯,很可能是一棵树。一棵又高又大的松树。"

"那我们就得小心点,别把他砍倒了。"

从胡子的动静,杨斯就能感觉到父亲在微笑。

"如果你珍惜树的生命,砍倒它并没有什么关系。至于你爷爷,他或许无法总是做出正确的决定,但他是一个善良和充满爱心的人,他甚至没法大声驱赶一只鹅。我们要记住他的善良。"

杨斯去桑德比看望过爷爷几次,他完全没印象他还养了鹅。他只知道爷爷养了一条小狗,走到哪里都跟着他,还能听懂命令表演装死。这本来很好,可是有一天它再也没能站起来。从那以后,它就被公认为是岛上最听话的狗,而杨斯的爷爷再也不说话了。再后来,他就也死了。"他没有对他的狗不好吧?我是说,故意伤害它?"杨斯紧张地问。

"你也是个好人,杨斯。不,你爷爷连只苍蝇都没伤害过。而现在你继承了他的这一点。虽然你还小,但也可以继承这一点了。这是一种纪念他的好方式,你说呢?"

杨斯在黑暗中点点头。

"有一天我也会成为别人的爸爸吗?"他突然问道。

"嗯,我想会的。"

"如果我有个儿子,我要叫他卡尔。"

"卡尔?为什么呢?"

"在垃圾场和我聊天的那个诗人,说他叫卡尔,他说他已经一百多岁了,还说他预计能活到两百岁。"

"他是这么说的?"

"是啊,如果数一数他脸上的'年轮',你会发现数字应该差不多。

他有好多年轮呢。"

"这样啊,好的,下次见到他我会试着数数看。如果有时间的话。"

"如果有个女儿,我要叫她莉芙,和我们昨天看到的那个刚出生的小女孩一样。"

"这名字很好听。"塞拉斯又笑了。

"嗯。"

他们在棺材里躺了一阵子,倾听着窗缝里传来的树木的沙沙低语。那声音伴随着云杉和湿苔藓的气味,还有木制棺材的香气。过了一会儿,忍冬花的香气也加入其中。

塞拉斯·霍尔德开始动弹起来。

"好了,我想爷爷的棺材已经准备好了。我们该睡觉了。回去的时候注意别吵醒你哥哥。"

"我从没吵醒过他。"

"嗯,说得也是。再说,莫恩斯睡觉沉得像根木头。"

那天晚上,杨斯一分钟也没有睡着。他一直在想问题。他想,会不会木头其实就是一个睡着的人,他只是累得什么也做不动了呢?

艾尔莎从科尔斯特德的教堂回来后告诉他们,葬礼进行得很顺利。莫恩斯和杨斯没有去,他们和自己的父亲留在了岬角。塞拉斯或许确实喜欢棺材,但他不喜欢葬礼。他也不喜欢男孩们离开家。孩子们有时候因为要去上学而不能在工作室帮他干活儿,不能去森林,不能和动物们待在一起,这就已经够糟了。他们俩有很多事情要做。再说,塞拉斯也对儿子们在学校学到的知识不怎么信任。有时候他完全不明白莫恩斯在说些什么。平方根是什么?谁听说过这种东西？

这足以让塞拉斯对他们的教育系统产生严重的怀疑。幸运的是，两个儿子都对木工有相当的天赋，也许莫恩斯更不错。不过，杨斯身上有些特别的东西，塞拉斯无法用言语表达出来，但他非常喜欢。

他们的第一次棺材试睡仪式纯属偶然。他只是想让这个小男孩体验一下被木头包裹的兴奋感，以及这门有一天他也会完全掌握的手艺。他想让他体验线条、比例和木头的香气，告诉他这棵树依然活着，它包裹着人类的尸体。这都是他儿子学校里的老师不太可能在乎的东西。

他原本并没有打算让这仪式继续，然而，就那么秘密地躺在那里，聆听着怀中的小儿子向他倾诉自己的想法、秘密和问题，这让他毫无目标的生活一下子有了意义。

在这件事情上，塞拉斯对别人的看法毫不在意。他从来都没想过这样的仪式在别人看来可能会有点奇怪。他只希望，他们这个安全可靠的私密场所可以尽可能长久地存在下去。

杨斯很小心，确保不对他哥哥吐露一丝一毫他在棺材里的发现。不过有一个问题，他实在是忍不住要问。

"莫恩斯，你想成为什么？"

"长大以后？一个发明家——我肯定想当一个发明家。"

"嗯。但你死后呢？你死后想成为什么？"

莫恩斯盯着他看了一会儿。

"但我不会的。我不会死。我会发明一种让我不会死的东西，这还能让我赚很多钱，我就可以靠这个生活了。不过不要告诉别人噢。

我保证我也不会让你死。"

杨斯不能告诉别人的秘密还真不少。

一个秋天的夜晚,杨斯和莫恩斯躺在自己的房间里,听着大风撕扯屋顶的瓦片,打翻周围的东西。这猛烈的北风刮了很久,此刻在一场猛烈的暴风雨中达到了顶峰。牲口棚那边,半扇门一开一合,铰链嘎吱作响。突然间,一阵风猛地将它吹开,只听见"砰"的一声,紧接着是一长串奇怪又刺耳的动物的呼号。很快,他们又听到一声门被关上的巨响,他们的父亲在向动物们喊话。噪声越来越多。有什么东西从屋顶上掉下来了。或许是风向标?又有什么东西滚过沙砾,撞上了别的什么东西。莫恩斯猜测那是个水桶撞上了水泵,他赶紧安慰杨斯,说如果风暴是从南边或者西边吹过来,情况会更糟,但当风像今晚这样从北边吹来,首当其冲的是那片森林。而那些树离他们的家还有些距离,即使倒下来也不会砸到房子,所以杨斯没什么好担心的。

可杨斯并没有感到安慰。恰恰相反,一想到那些可怜的树将会为了保护他的家而献出自己的生命,他就感到万分恐惧。一声巨响撕裂了夜空,紧接着是森林里传来的"砰"的一声,杨斯的喉咙都随之收紧。他紧紧靠在莫恩斯身上,莫恩斯友爱地抱住自己的弟弟,他幻想着发明一种阻挡风暴的东西装在南边,还要把工作室往西边扩建。

第二天早上,两兄弟和父亲一起查看了房子和外围建筑,检查损坏情况。这些建筑的情况并不糟，但东西散落了一地，他们花了不少时间才把它们一一捡拾起来，沿着墙壁堆放好——这些东西原本就是这样堆放的。动物们早已安静下来，在它们简陋的住所里若无其事地反刍。

之后他们便进了森林，看看风暴到底造成了多大的破坏。三人首先来到的是圣诞树种植区，这里几乎没有受到什么影响。沿着林中的蜿蜒小路继续前行，几棵云杉如倒下的士兵被笼罩在迷雾里。其中一两棵是被连根拔起的，带起一大片泥土，宛如一块厚重的盾牌，树根则从豁开的洞里伸展出来。杨斯小心翼翼地走到一棵树跟前，端详起眼前被打开的地下世界：形状和大小各异的根须从土壤的垂直面朝各个方向伸出来，如同触须一般。有几根被粗暴地折断了，其他的则展开成细长的条状，非常干渴的样子。底部，最顽固的根须依然不肯离开土壤，顶部的一层苔藓则像瀑布悬在边缘处，这瀑布落到中途却改变了主意。森林地面上的自然秩序与宁静的和谐已是荡然无存，可即使是这种陌生的混乱情况，也让杨斯高兴得直打哆嗦。

没过多久，他感觉到一双熟悉的手放到了他的肩头。

"我们不去管它，"塞拉斯的声音从他头顶上方传来，"我敢打赌狐狸会在那儿安家的。这是棵很老很老的树了，它也差不多该寿终正寝了。"

杨斯点点头。莫恩斯开始测量这棵树。

男孩们跟着父亲在狭窄蜿蜒的林间小路上穿行，经过云杉和松树、橡树和桦树，还有白杨。每一次塞拉斯低头避过一根树枝，杨斯也会学着弯腰低头，尽管以他的身高，还要长个好几年，那树枝才有可能撞到他。他们走过那片高高的云杉树，继续向北。男孩们独自来森林的时候，是被严令禁止越过这些高高的云杉往北边走的，杨斯还从来没有违抗过。在这里，云杉被松树取代了，他盯着这些曲曲折折的树木轮廓，一瞬间感到既害怕又着迷。它们仿佛在向他伸出树枝，而他不确定它们是想拥抱他，还是想勒死他。塞拉斯似乎注意到了小儿子的疑虑，他停下脚步，把手放在一根伸到小径上来的长长的、弯曲的树枝上。

"看，杨斯，我管这些遒劲的松树叫作'我的巨怪树'。它们非常友好，喜欢和你打招呼。"

杨斯高兴地点点头，也紧握住粗糙多节的松树枝，礼貌地和树干打招呼。

林中小径也是曲曲折折，拐过一个弯，树木之间的间隙明显变得更大了。整天都笼罩在森林上空的那片白雾缓缓地向南方飘去。在那一瞬间，巨怪树完全消失了，只剩下午后的阳光照亮森林的地面，展现出一幅多姿多彩的生命图景：闪闪发光的甲虫在烟雾升腾的草堆上挣扎，昆虫在树干之间飞舞，一只地鼠在草叶间不停地忙碌着。一只兔子飞快地从他们身边掠过，仿佛想要追上那片雾；在一张颤动的银色蛛网上，一只蜘蛛正向着它的猎物全速冲刺，似乎忘记了背上背负的十字架。

当他们走过最远端的树，来到森林和大海之间的空地时，杨斯屏住了呼吸。这是一片广阔包容的存在，神秘、宽广，他以前只从父亲和哥哥的描述里听说过，在自己夜晚的梦境中见到过。

"看看这些石楠花开得多好，"塞拉斯说，"试着闻一闻……"

他深深地吸了一口气，男孩们都能听到他用鼻子吸气的声音。杨斯看着他们面前铺开的紫色地毯，也学着深吸了一口气。这气味是新的，十分迷人。那是混合着石楠花和野性草香的新鲜的、带着咸味的空气。杨斯想，这一定是世界上最平静的地方。他真想永远躺在这儿，和父亲聊着天。

"看那边那些……它们叫'魔鬼的牙齿'。"塞拉斯指着石楠和草叶间伸出的长茎上长出的圆圆的蓝花。

"魔鬼的牙齿？"

杨斯唯一听说过的关于"魔鬼"的事，是牧师的妻子说的，她说它占领了邮局局长的家。从她的语气判断，这不是什么好事。杨斯希望他们能赶快把这玩意儿送到工作室来修，这样他就可以亲眼看看它到底是什么样子了。

"嗯。今年夏天我会带你来看这里的其他花。这里这个叫鸟足三叶草……"

这就对了。莫恩斯说过，这个岛上有很多鸟，可杨斯还是不明白一个女孩怎么会变成一只鸟。也许是被母鸡啄了一下？

"这是圣母玛利亚的垫床草……"

杨斯惊掉了下巴，他看着自己的父亲，问："她在这里睡觉吗？"

他在学校里听说过圣母玛利亚，知道她有一头驴，后来她嫁给了一个木匠。除了这些他什么也不记得了，不过光这些就足够他对她产生好感了。

塞拉斯笑了："据我所知没有。不过如果她真打算在这里躺下的话，至少她会很舒服。"他边说边朝杨斯眨了眨眼，杨斯还以为他父亲的眼睛里进了什么东西。

莫恩斯并没有去听他们在说些什么。他正一蹦一跳地快步前进，渴望靠近大海。父亲叫他们把石楠丛里可能躲藏着的毒蛇吓跑，他蹦跳着的步伐立刻变成了狂躁的跺脚。杨斯则走在父亲和哥哥之间。除了蚊子，蝰蛇是他唯一真正讨厌的动物。

"来吧，杨斯，来呀！"莫恩斯一边跑向海滩，一边催促着自己的弟弟。他跑到大海与沙滩交界的地方，穿着短裤跪了下来，等待着。过了一会儿，潮水涌上来，轻柔地拂过他的手、膝盖和鞋尖。莫恩斯没想到自己会被这样打湿，他开心地笑了。

杨斯则静静地站在披碱草丛里，草叶像一根根小针刺进他及膝高的袜子，扎得他的小腿痒痒的，可他却几乎没有感觉到。眼前哥哥和大海的互动把他看呆了。

海水漫上海滩时，就像一片薄薄的、发亮的舌头。但这舌头一点也不凶狠。它小心地舔着莫恩斯的膝盖，像只可爱的小猫。杨斯由此认定大海一定很善良。他之前不知为何一直觉得这里的海会很吓人，但现在，北边的一切都让他觉得安全了。

他们开车经过"颈部"去主岛时，杨斯常坐在皮卡车的后斗里，远望着蓝色的大海奋力冲刷着那条石子路的两侧。他也曾在去往科尔斯特德或是给岛上居民送修好的家具的路上，在小山上看过大海，那时的海是包围住他们的危险和一些遥远的声音。但他还从来没有触摸过它。他从来没有脱下鞋袜，走入其中，感受浪花轻轻旋转着滑过他的脚踝，然后在退去时带动脚下的沙子轻轻拂过他的脚底。他从来没有弯下身去，感受海水从指尖流过——冰冷、柔软，那么不可思议。

直到此刻。

孩子们在水边欢快地玩耍时，注意到他们的父亲走来走去，专心盯着海水和沙滩的交界，那片倾斜的海岸线上有一片水草，还有一丛鹅卵石铺成不太平整的蕾丝花边。塞拉斯双手背在身后，一只脚在前一只脚在后，身体微微向前倾。有时他会停下来，在鹅卵石上翻找一番，然后继续用同样缓慢的步伐前进。

"他是不是在找金子？"莫恩斯小声说。

他是不是在找爷爷？杨斯默默地想。

塞拉斯是在找琥珀。他找到了，比他想象的还要好。兄弟俩好奇地盯着他递给他们的那块金黄色的小东西。他告诉他们要怎么判断这是块琥珀而不是石头，还让他们轻轻咬了它一下。

"这个值很多钱吗？像金子那样？"莫恩斯很好奇。

"大块的琥珀确实值不少钱，因为它也可以用来做首饰。不过，它们不像金子那么值钱。"

"那它是什么呢？它是从哪里来的？"杨斯问。

塞拉斯笑了："我等会儿给你们看。不过我想先给你们看看这个。"他把手伸进口袋，又掏出一块金色的东西，比刚才那块大一点。

"从某种意义上来说，它比金子更值钱。来看看这里面藏着什么。"

"这看起来像是……一只蚂蚁？"杨斯轻声说。

"这确实是一只蚂蚁。这只蚂蚁的特殊之处在于，它已经非常非常老了。人类还找到过里面沉睡着几百万年前的动物的琥珀呢。"

"也有很大的动物吗？"

"不，我想主要是小动物。但是，你们想象一下，琥珀保存它们的身体。很神奇，是不是？"

孩子们齐刷刷地点了点头，两双眼睛都无法从那只蚂蚁上移开。杨斯突然抬头看向父亲，眼睛瞪得大大的。

他问："那，人呢？小小的人……小孩子？有人在琥珀里找到过古代的小孩子吗？"

塞拉斯没有理会在一旁嬉笑的莫恩斯，他摇摇头，说："没有，我从来没听说过。"说完他又捋了捋自己的胡须，他想起什么有趣的事情时经常这样，"不过……"

莫恩斯马上安静了下来。

"很久以前……"塞拉斯说道，"不，跟我来吧。我还是直接给你们看比较好。"

塞拉斯没有多做解释，而是带着儿子们穿过石楠丛，从森林里往回走。温度低了下来，但夕阳还远远挂在西边的天空里，从高大的云杉树之间投下长长的光线。

"我们要找一棵受伤的树，"他带着孩子们离开了小路，走到几棵松树之间，徘徊起来，"找一棵树皮破了的树。"

很快，莫恩斯就找到了一棵。"这里！"他高声喊道，简直像是挖到了金子。

莫恩斯找到的这棵树真是再合适不过了。塞拉斯·霍尔德早就知道，这里有一棵松树树干上有伤口，还正好在孩子们视线的高度。他对他的树了如指掌。

"很好。现在仔细看看，看到那金色的液体了吗？这是树里面的汁液。当树皮受伤的时候,这树液就会流出来,流到伤口上,把伤口填满,变厚。它能帮树治伤,还能赶走害虫。试着摸一摸……它很黏……现在闻闻你们的手指。"

"真难闻。"莫恩斯说。

"我觉得很好闻呀。"杨斯说。

"你觉得它很好闻。"塞拉斯用温柔的声音重复道。他又从口袋里掏出那块包裹着蚂蚁的琥珀,说:"你在这树上看到的东西叫松香。这一小块琥珀就是一块古代的松香,来自一棵古代的树。"

"……然后一只古代的蚂蚁被困在了这里面?"

"正是这样。"

"那孩子呢?"杨斯还惦记着父亲在水边说过的那句话。

"嗯,我记得古埃及人——他们是生活在很久很久以前的一群人——他们曾经用松香来给尸体防腐。"

孩子们一脸茫然地看着他。

"古埃及人相信,人死之后,灵魂会继续住在身体里。嗯,如果你用某种方式来处理尸体,它就不会腐烂。他们就是用松香来处理尸体的。"

"你是说它不会腐烂?"杨斯马上想到他在"颈部"附近看到的那只腐烂的狐狸幼崽的尸体。它躺在那里时间久了,变得黑乎乎的,还很扁。它的周围挤满了飞舞的苍蝇。

"他们是怎么做到的呢?"莫恩斯问,"他们具体是怎么做的?"

"到这里就比较有技术含量了,"塞拉斯笑起来,又说,"不过……好吧,他们首先把肺、肝、肠子等内脏器官从身体里取出来,就像你们平常看到我处理动物一样。"

孩子们求知若渴地点着头。

"不过他们会把心留在身体里,逝者需要心。之后他们会清洗尸体,再抹上盐晾干。盐会吸干所有的水分,这样尸体就完全脱水了。腐败就是水分造成的。尸体完全干透之后,他们再给它全身涂上松香和各种各样其他的油,再用绷带包裹起来,从头一直包到脚底。"能与他们分享这些知识,塞拉斯不由得感到格外开心。他们在学校可学不到这些。

"绷带?"杨斯细细品味着这个词。

"嗯,就是薄薄的布条……类似你受伤的时候我在你胳膊上绑的那种。他们还会画一幅死者的肖像画,放在他被布条遮住的脸上。"

"那这之后他们怎么处理这尸体呢?"莫恩斯皱着眉头问。他想要弄明白整个过程的所有细节。

"他们会把尸体放进某种棺材里,放在干燥的地方,尽可能把它保存完好。这还挺管用的。考古学家还发现过几千年前的干尸呢。"

"死去的孩子也这样吗?"

"是的。我记得很清楚,他们也找到过孩子的干尸。"

莫恩斯看着眼前这棵树上并不多的那么一点松香:"可是,要怎么才能弄到那么多这玩意儿呢?"他没有胡子,只能挠着自己的下巴问。

"你可以从树上把它们搜集起来,这样可以积攒很多。或许有一天我能让你见识一下。该回家了,你们的妈妈这会儿该做好饭等着我们回家了。"

"他和你说了什么?"

杨斯和妈妈讲述了他们在森林的冒险之后,妈妈的眼睛瞪得老大。他从来没见过妈妈的眼睛瞪得那么大。当时爸爸和莫恩斯在帮忙照顾动物,他则在帮着妈妈把餐具摆上餐桌。听到古代儿童和松香的事,妈妈似乎不太高兴。

从那顿饭开始,杨斯变得非常小心,在森林里说的话就让它留在森林里。

剧变

一切都很美好，直到发生了那件事。塞拉斯·霍尔德的尸体是被他小儿子发现的。他把死去的父亲拖过石楠丛，穿过森林，拖进家中的场院，在正午耀眼的阳光下，将他放在园中的碎石路上。

而杨斯自己也累倒在了父亲身边。

没人知道这个男孩是怎么把父亲的尸体拖行这么远的。没错，杨斯已经十三岁了，但他身材瘦弱，远没有大他四岁的哥哥那么高大强壮。

尽管筋疲力尽，杨斯却拒绝离开父亲的尸体。有人要靠近，他便抓着父亲的衣服尖声喊叫。一直等到好几小时之后，他的哥哥才把他抱起来，扛进屋里。那时杨斯已经睡着了，睡得死沉死沉的。

人们普遍认为，塞拉斯是被闪电击中而死的。他的腿部和背部都有灼伤的痕迹，那伤痕是枝蔓缠绕的形状，很美，像是一幅艺术家的作品。那天早上确实打过一阵雷，但时间很短，甚至都没人注意到。

几天后，塞拉斯在科尔斯特德公墓下葬。他被装在那种工业制造的大路货棺材里，几个沉默的岛民、一个悲痛欲绝的寡妇和她的大儿子参加了葬礼。

她的小儿子拒绝出席。

自从父亲死后，杨斯就变得很沉默。很快他开始经常逃学，在主岛上到处逛，秘密地探索居民们的储物屋和牲口棚。他喜欢天不亮就一个人去工作室里待着。再后来，他就完全不去上学了，艾尔莎·霍尔德也并不在意。杨斯在工作室里工作得很卖力，照顾起动物和树木来极富责任感。在艾尔莎内心深处，这才是真正重要的品质。

父亲死后，莫恩斯成了家中木工生意的主理人。订单源源不断。大家都知道，这两个儿子不光继承了父亲的生意，也继承了父亲干活儿的天赋。

这个年代需要木工的人其实并不多，人们可以很方便地买到新东西。但岛上的居民都想帮帮这户人家。也是出于这个原因，他们对莫恩斯开始开皮卡车的事实睁只眼闭只眼——莫恩斯其实还没到可以合法开车的年纪。不过，他确实是个非常不错的司机。等到有一天，开着皮卡车行驶在科尔斯特德大街上的变成了杨斯，几扇车窗也被修好了的时候，人们也觉得这不过是自然而然的事情。

日子就这样一年又一年地过去了。

艾尔莎总能在小儿子身上看到自己丈夫的影子，而随着杨斯年岁渐长，这种相似性变得越发明显了。他嘴唇的形状和父亲一模一

037

样——嘴角上扬，弯成微笑的弧度，那表情宛若一只备受宠爱的泰迪熊，因为得到那么多拥抱而快乐，却又因无法回报而难过。他的眼睛也和父亲的一样，眼眸漆黑，温暖的凝视里有种梦幻般的光芒。

可杨斯也渐渐变得比他的父亲塞拉斯还要内向得多。他的疏离，他一直以来的沉默，最后甚至到了害怕与其他人接触的程度。这让艾尔莎十分担心。她拼命地想要进入他的世界，想要成为他的知己，就像他的父亲曾经做到的那样。她希望他也能同样地信任自己。但与此同时，她又对走进杨斯内心感到一种莫名的恐惧，那里就像个黑洞。他的内心好像有什么已经崩塌了，而她不确定自己是否能把它修好。

对于莫恩斯而言，父亲的去世倒并没给他带来同样的影响。看起来他似乎更快地把失去亲人的悲痛抛在身后，继续好好生活。他和杨斯不一样，这一点已经很清楚了。他要理性得多。他当然也有梦想，但他要让这些梦想成为现实。他还有一种杨斯身上缺乏的秩序感。工作室里，莫恩斯的那一角干净而整洁，丝毫不像他弟弟的地盘那样混乱又无序。

艾尔莎·霍尔德总也想不明白，这两兄弟是怎么会这么不一样的。莫恩斯还是个孩子的时候，她就在他的身上看到那么一种劲头，一种不管做什么事都要追求成功、追求成长、追求发展和破除陈规的劲头。他奔跑、跳跃，他喜欢光明。他总在不断追求新的冒险。

杨斯不会奋力跑跳追赶，也不会去打破常规。他宁愿待在原地，最好就他一个人待着。工作的时候，他与自己手中的作品融为一体，整个人都要被吸进去了似的。他会一直工作到很晚，一直干至天色漆黑，黑到你都无法相信有人能在这样的光线下干活儿。

一天深夜，艾尔莎发现他躺在车床下一层刨下来的木屑上睡得正香。杨斯的呼吸安静轻柔，躺在黑暗中的样子是那么天真无邪。那一刻，她觉得自己这个小儿子一定是世界上最最温柔的人。

塞拉斯死后，莫恩斯的好技术和责任感让艾尔莎有了希望，她相信他们三个人在一起，能够有一个好的未来。可过了几年，莫恩斯离开岬角越来越频繁，她不由得开始担心起来。到最后，他几乎每天都要找借口去主岛，而她永远也弄不明白为什么。他常常开着空空如也的皮卡车往返。她开始责骂他，可这让他更加逆反，离开的时间越来越多。

有一天，她在他走向皮卡车的时候叫住了他。那时杨斯正在工作室里俯身查看一个需要换脚的五斗柜，他听到了。

他的母亲猛地推开厨房的窗户，"砰"的一声。

"莫恩斯，你又要走了吗？什么货也不送就要走吗？你为什么不在工作室给你弟弟帮忙呢？这次又要去哪里？是不是要去见哪个姑娘啊？你为什么不待在这儿，做点有用的事呢？杨斯说今天要去砍云杉树的，你不会又要让他一个人去吧？"

这样的对话杨斯不是第一次听到，他都已经记不清听到过多少次了。但今天不太一样。莫恩斯踏在碎石路上的脚步声在皮卡车前停了下来，接着他好像转过了身。

杨斯抬起头，竖起耳朵听着。

"莫恩斯！"艾尔莎喊道，"留在这儿。你以为你是谁？你认为你这是在干什么？你拿那辆单车干什么……"

"这里让我窒息。"

杨斯听到他轻轻跳了几下，然后是自行车轧过碎石路的声音。"嘎吱嘎吱"的声音慢慢变成了渐渐远去的"咔嚓咔嚓"声，没过多久便淹没在了云雀的歌声里。杨斯抬起头来，除了停在耀眼的正午阳光下的那辆空皮卡车，他什么也没看见。

几个月后，他们收到了一封信，里面有钱。信封背面写了一个"M"。下个月又是一封信，此后他们每个月都会收到一封。艾尔莎·霍尔德按时支付家中的账单，杨斯什么也不说。没有人问任何问题，包括邮差。尽管他私底下对这个和小儿子一起生活的寡妇以及这些来自"M"的神秘信件十分好奇。

⛰

艾尔莎·霍尔德的健康开始出现问题。她痛得厉害。用医生的话说，问题在"直肠"里。她有时还会流血，于是只好在衣服下戴了一个装置，这让她觉得很丢人。她原本热爱家务活儿，一辈子勤勤勉勉，此时也开始力不从心。她为此很难过，这难过反过来又让她的身体更加难受了。

有时她甚至都下不了床。很显然，他们没法再靠自己这样生活下去了。艾尔莎决定找个帮手。只要杨斯还能继续靠修理家具赚钱，他们就能负担得起费用。雇来的女孩可以住在工作室那间莫恩斯给自己装修的房间里。那房间甚至有个单独的入口，它叫"白色房间"，因为莫恩斯坚持认为它应该是明亮的。

艾尔莎从没有怀疑过那位"M"每个月都会按时寄来那棕色信封，

"M"也的确未曾让她失望。可是,她没有那个精力去思考是否应该感谢她的大儿子。

有个来自内陆的年轻漂亮的姑娘申请了这个职位。凑巧的是,她是唯一的申请人。当地的年轻姑娘都更喜欢去内陆找工作,很多女孩的穿着打扮还让艾尔莎很不舒服。她尤其不喜欢那些上衣里面不穿胸罩的女人。艾尔莎不认为自己是老古董,谁要是穿着条喇叭裤出现在岬角上,这倒不会让她看不顺眼,但不穿胸罩可就不行了。轻浮也是有限度的。

玛莉亚·斯文森是上天赐予的礼物。她穿着朴素的胸罩和得休的裤子。

▲

为了不碍事,玛莉亚通常会把头发盘起来。而当她不盘发的时候,那长长的金发卷出细小而温柔的波浪,包裹着她的脸和脖子。杨斯从"白色房间"的窗户向外看的时候,碰巧看到过一次。他马上移开了目光,却从此对窗户外冲着他微笑的玛莉亚无法忘怀。

她不时去工作室看他,和他谈论天气和家具。她巧妙地避免谈论他的母亲,但尽管如此,杨斯很快就猜到,艾尔莎并不好相处。

刚开始的时候,他们并不怎么说话,因为玛莉亚几乎天生就和现在的杨斯一样不爱说话。但在两人之间的沉默里,玛莉亚渐渐鼓起了勇气,也有了信心,可以和他大胆交谈。她开始谈论家务事和她当天要完成的工作,杨斯则会仔细倾听每一个细节,带着兴趣和感激。

没过多久,她也开始讲述岬角生活之外的故事,甚至是岛外的故事。她讲述她在内陆度过的童年,她辛勤工作的父母,还会讲到她的学校——她不喜欢那里,因为那里的人都很坏,但她喜欢阅读和写作,胜过任何事。

她还开始谈论她读过的书和她想读的书。她告诉他,就为了享受写字的乐趣,她会抄写文章,有时为了能写得更有创意,她还会把抄写的段落加长。她会写下自己的想法,只是为了把它们从自己的脑中赶出去。她还会把鼻子贴在纸上使劲地闻,享受书页的芬芳。

她说到把鼻子贴到纸上的时候,杨斯终于找到了能够开口的话题。他问:"你知道纸是木头做的吗?"

杨斯对玛莉亚的迷恋与日俱增。她的身上有一种他从未在别人身上见过的轻盈明亮的光彩。这或许是因为他没见过几个来自内陆的人,也许那里的人们就是比较轻盈明亮的吧。

他听着她明快的声音,她说话不多,却仿佛道尽千言。她开口说话时一切显得毫不费力,而当她呼吸的时候,那呼吸是那么平静而又深沉,让你觉得她对自己的每一次吸气吐气都有所关注。

她其实并没有,但杨斯对玛莉亚的每一次呼吸都观察得真真切切,空气经由那小巧精致的鼻孔进入她柔软的身体。尽管并不敢直视她的眼睛,杨斯依然能透过上衣看到她胸膛的起伏,听到与之相伴的呼吸声,这声音让他想起那个与父亲和哥哥一起去北沙滩的傍晚,静静冲刷着海岸的波涛。它静静地冲上岸来,又静静地向后退去,那种连续性让人安心。

没错,玛莉亚呼吸的声音就和这一模一样。

有时这会让杨斯忘记呼吸。

她的嘴唇也很奇妙。

她的嘴角总是带着一种忧郁的微笑。他相信，玛莉亚即使在哭泣的时候，嘴角也会带着一点笑，就像马，它们那黑黑的马嘴里也总带着神秘的微笑。

杨斯从她的温柔中感受到力量，她的谨慎背后是让人安心的宁静，她不言自明的力量背后极具温柔，这在她做家务的时候都能体现出来。他看到她拖着脸盆、要洗的衣服床单、柴火、罐子和麻袋走来走去，汗都流到眉毛上了也没有停下来去擦。他看到她照顾动物们，仿佛从来没有做过除这以外的其他事，毫不畏惧，没有犹疑，用柔软有力的手和一种它们能听懂的声音。动物们都很爱她。

杨斯也和它们一样。

九月，他带她参观了森林，当他把松香涂在自己的头发上时，她笑了。三月，他带她看了海，当他打湿了自己的袜子时，她笑了。六月，他带她去看了大海，她在圣母玛利亚的垫床草上吻了他。

亲爱的莉芙：

　　我也许做错了一个选择。也许我不该认识你父亲。也许如果我听从我父亲的恳求，留在内陆，嫁给我的政客表哥，事情会远比现在要简单得多。他说，要是那样的话，我们家的生意就能继续做下去了。我其实真的很喜欢父亲的书店。

　　但那时我太年轻，太过年轻了。而我表哥有一双那么令人反感、极具侵略性的眼睛和一双粗糙的大手，虽然他仅仅用这双手来写演讲稿和开发票。我很害怕他和他的大手，尽管父亲向我保证他将是一个很好的对象——再说他所在的政党是个很好的政党，会照顾小商户。尤其还是对自家亲戚。

　　没错，我表哥是个很好的对象，他对书店老板家的害羞女儿非常上心。这个害相思病的上进男孩将要从病弱的父亲那里继承一家蛋盒工厂。我想他的手会把抓到的鸡蛋都捏碎。我觉得自己就像母鸡刚下的蛋一样脆弱。信不信由你，那时候的我和你现在一样苗条。

　　父亲说，显然，我不应该做任何我不愿意做的事情。但我能从他的眼睛里看到，他无法接受我说"不"。而从我母亲的眼睛里，我能看到，她不忍心看到我落入鸡蛋盒制造商家里。

不管怎么选，我都会伤害他们中的一个。

我选择不伤害我的母亲和我自己。或者说，至少我试着这么做了。我离开一年后，听说她因为肺炎去世了。但至少我没有伤她的心。

后来，我读到鸡蛋盒制造商破产了，但书店还在。很久以前，我找到一个机会打电话，我打给了内陆，想确定一下。父亲接起电话的时候我什么也没说。他的声音很苍老，但他确实说了"斯文森书店"。

最终还是书打败了鸡蛋盒，我很喜欢这一点。

总之呢，我旅行了一段时间，到处在别人的店里打工，却并不是很喜欢这样的生活。有一天，有人建议我到岛上来找活儿干。在渡口，我得知岬角的艾尔莎·霍尔德和她的儿子杨斯正在找帮手。

这就是为什么我最后会来了这里，和你的爸爸和奶奶生活在一起。

我很高兴告诉你，莉芙，你的父亲是我见过的最帅的年轻人。他是那么温柔——一双柔软的手，一对温暖的黑眼睛。

他和我表哥太不一样了。和他在一起，我觉得很安全，我毫不怀疑地确信，这就是我想要生活的地方。

噢，我不知道该不该告诉你这个——你还只是个孩子呢。但我太想和别人说一说了。我太想和你说一说了。

我和你父亲第一次做爱，是在一片黄色的花海里。我们都特别害怕毒蛇，却还是躺在了那里。你能想象吗？我还记得，他向我讲述蝴蝶的事，还有云雀，还有蜜蜂，还有鸟儿们……他对我说："我们躺在这片黄色的花上，这很重要。对我来说这是大自然的床。"这是我唯一一次听到他结巴，唯一一次看到他的手在颤抖。而这不是因为害怕毒蛇，而是因为我们即将要做的事情。

我依然记得他的唇是如何颤抖着吻上我的唇，他像一只蝴蝶抖动着翅膀，而我觉得自己如同一朵精致美丽的花在轻轻绽放。有时我觉得那感觉依然在我身体里面，美好又精致。

不，我从不后悔遇见你的父亲。我深深地爱着他，直到现在依然深深地爱着他。这让一切变得值得。尽管现在我躺在这里，肥胖而又笨重。尽管出了你奶奶的事，还有卡尔的事，尽管有这一切的混乱，我假装视而不见的肮脏，一切的一切。

这一切都太沉重，但这是我唯一想要生活的地方——在这里，和你在一起，和你的父亲在一起。他是一个好人，莉芙。我知道你也是知道的。但我希望你能记住这一点。

我不知道这一切将如何结束。毕竟我只知道你告诉我的事，而我有种感觉，我感觉你没有告诉我所有的事。我感觉有些事不对劲。我能感觉到这间卧室外有事情发生，而你们不能告诉我。事情永远都不应该变成现在这个样子。但尽管如此，我也没有后悔我爱他。

也许他根本没有病。也许有病的是我。也许是我病了吧，因为我一点也不后悔。

有时候，我把你父亲想象成一只蝴蝶，他想要在时间的掌上飞舞，却只能化作一个蛹。但也许，我也是这样吧。

爱你的，妈妈

幸福

刚开始的时候，艾尔莎·霍尔德和这位年轻姑娘特别能相互理解。霍尔德太太用茶和自家烤的蛋糕热情地欢迎了玛莉亚，让她觉得她们一定能相处得很愉快。玛莉亚对这位寡妇的诚实没有丝毫怀疑，搬进岬角上这家人的"白色房间"时，她觉得自己真是最幸运的人了。房间的陈设简单而温馨，窗帘是浅色的，木墙漆成白色。玛莉亚很高兴这里的墙上没有挂着麻布，天花板上也没贴着明星海报。她在上一家面包店干收银工作时，被安排住在一个阁楼上的房间，没过几天，她就受够了抬头就得看到那些海报上长头发的男人，受够了阁楼房间里弥漫的怪味。那怪味和面包房的香气可不是一回事，与她童年时代书店的味道就更不一样了。她不喜欢麻布也不喜欢节奏音乐，也许这就是她被岛上的生活所吸引的原因吧。在这里，桌上的花瓶里插满了秋日的鲜花，床单散发着新鲜空气和云杉树的芳香，这让她在第一天的工作过后，睡了一个美美的觉。

她甚至很喜欢这里的家具。艾尔莎·霍尔德告诉她,这些家具都是老木匠做的,它们让玛莉亚觉得很是惊艳。一切都尺寸合宜,表面刨得平平整整,又打磨得十分光滑。她轻轻拉开小书桌的抽屉,丝毫不费力气。抽屉是空的,她把自己的笔和笔记本放了进去,才打开行李开始收拾其他的东西。这"白色房间"里有一切她所需要的东西,除了一个书架——用来放她的一大堆书。她小心翼翼地把这些书堆在墙边,又在床底为带来的针线盒和几卷布匹找到了位置。

尽管如此,玛莉亚还是注意到,这小农场可实在算不上整洁。农舍里有厨房、食品储藏室、走廊、浴室和大客厅,还有一间主卧加上二楼的两个小房间——这房子倒还不是特别乱,但有很多事情需要打理,特别是需要清洁打扫。很明显,艾尔莎·霍尔德已经无法靠一己之力做好这一切了。

而牲口棚、工作室和室外区域的情况则还要糟糕得多。各种物件堆得到处都是,从木材、家具、旧发动机零件,到水槽、拖拉机轮胎和马车零件,应有尽有。它们看起来好像都在那儿堆了好久,不太可能有任何用处。

她以前也远远地看到过一些类似这样的地方,被垃圾包围的房子,每次她都会想,谁能在这样的地方住下去呢?

玛莉亚不敢去问霍尔德太太,为什么他们家没有早点把这些东西处理掉。这应该是很简单的事情——把东西装上皮卡车,往垃圾场开几趟就能解决了。好吧,确实是得要好几趟才能运完。这样乱糟糟的情况让她很烦恼,一方面,因为现在她已经是这个家的一员了,她觉得自己对维持这个地方的整洁负有一定责任,尤其是面对那些不时光顾工作室的顾客的时候。

另一方面，工作室完全是杨斯的地盘，而那里是最乱的，所以，或许也就根本没必要去清理什么了吧。一段时间之后玛莉亚就发现，是杨斯不肯放弃那些垃圾，而他的母亲早就放弃了反对的努力。

在这一方面，艾尔莎·霍尔德和玛莉亚·斯文森很像。因为玛莉亚可能确实喜欢整洁，但很快，她就更喜欢杨斯了。

他俩第一次见面，她就莫名其妙地被他吸引了。他们只是简单地打了个招呼，她便感受到了他的内向，这让她对他油然而生一种亲切，一种自然而然的共鸣。他的眼睛颜色很深，她想一定是黑色的吧。还是那对瞳孔让它们显得更大了呢？他有着深棕色的头发和胡子，皮肤细腻光滑，身材清瘦又强壮。她想亲手给他做一件衬衫，想象着那衬衫盖在他的肩膀和胸膛上。或许有一天她可以问问他愿不愿意。可以的话，她就能给他量尺寸了。

她来到岬角的第五天，就趁艾尔莎·霍尔德休息的时候大胆地走进了工作室。寡妇告诉她自己身体很难受，却没有告诉她哪里难受。从那洪亮的鼾声来看，她的睡眠倒是完全没有受到任何影响。杨斯的母亲需要面对如此难以忍受的痛苦，这当然让她感到担忧，可霍尔德夫人的病情也已经让她心中升起一丝疑惑。

玛莉亚给杨斯送去了一壶咖啡和一片刚烤好的蛋糕，希望杨斯能够欢迎自己。她最怕被别人觉得冒昧。门半开着，而她也没有空闲的手去敲门，于是她用肩膀小心地把门推开。他站在车床边，全神贯注地工作，并没有注意到她。她就在那儿停了一会儿，看着他，仔细观察他的手。那双手正抚过转动着的椅子腿，与其说是木匠的手，不如说它们看起来更像是艺术家的手。

他脚下的地板上散落着锯下来和刨下来的木屑，看上去像是一棵螺旋形柳树上卷曲的叶子。

玛莉亚清了清喉咙，等了一会儿，又再清了清喉咙。过了好一阵子他才终于抬起头来，一脸受惊的表情。她马上开始后悔打扰了他。可他紧接着又笑了起来，示意她再靠近一些，又跑去厨房拿来另一个杯子。他来回厨房时在碎石路上小跑的脚步声让她的心怦怦直跳。他把一些东西往旁边推了推，拉过一个板条箱当桌子。他做这些的时候，她捧着托盘站在那儿，并没有动。接着他又从角落的麻袋后面找出一张凳子，用袖子擦了擦。很快，两人就在满室怡人的咖啡和松木香气中舒舒服服地坐了下来，羞涩地看着对方，瞳孔张得老大。

接下来的几个月是玛莉亚一生中最快乐的几个月。杨斯的母亲什么也没注意到，他们也什么都没告诉她。直到有一天，她撞见他们在牲口棚里，躲在一只小母牛的身后接吻。

▲

艾尔莎·霍尔德并不怎么高兴。她告诉这两个年轻人，他们对彼此的兴趣无疑会对各自的工作产生不利影响。她还告诉自己，他的小儿子现在找女朋友实在太早了，虽然其他人可能不会这么觉得。玛莉亚和杨斯就不这么觉得。霍尔德太太沮丧地发现，她的这种感觉，倒是让玛莉亚干起家务来更有劲头了。她让霍尔德太太挑不出任何毛病。杨斯也一样——他整个白天都卖力工作，只为到了晚上有时间牵起玛莉亚的手。晚餐后，他们坐在客厅和艾尔莎一起喝完咖啡，便双双消失在"白色房间"。而且渐渐地，咖啡的分量越来越少。

越是看着他们在相互的爱慕中越陷越深,艾尔莎的痛苦便越甚。

她开始在玛莉亚刚扫过的地板上撒上一点灰尘,或是把玛莉亚刚洗过的桌布弄脏,对玛莉亚刚做好的饭菜表示不满。她告诉自己,她这么做是出于好意,是为了大家好。

"杨斯,我觉得我们最好另找一个帮手。玛莉亚干活儿越来越马虎了,"有一天,玛莉亚去主岛上办事的时候,她终于对儿子坦白了心意,"我已经和安吉尔太太聊过了。她是个寡妇,非常热心,也非常有经验。"

安吉尔太太十分肥胖,看上去一点儿也不像个"天使"[1]。艾尔莎认为她和自己的儿子之间应该不至于产生什么火花。

杨斯的拳头重重地砸在桌子上,这让他母亲的病情暂时恶化了。

"想都别想!如果玛莉亚走了,我也要走。"他一声怒喝。说这话的时候,杨斯不再像个孩子,而是像一个年轻小伙子。是玛莉亚让他长大了。他的声音比以往任何时候都要低沉。

艾尔莎一时说不出话,她努力让自己从震惊中恢复过来。这句话伤透了她的心。杨斯以前也反叛过,尤其是失去父亲以后——那当然是可以理解的——但他从来没有像现在这样反抗过自己的母亲。他居然这样对世界上最爱他的女人说话,她吓坏了。这让她想起了自己的另一个儿子。而最重要的是,这证实了艾尔莎的担心:玛莉亚破坏了她和宝贝儿子之间的关系。

就在这时,她听到自行车轮子轧在碎石路上的声音,嘎吱嘎吱的。玛莉亚回来了。

"好吧,如果你对她的感觉那么强烈……"她用最温柔悦耳的

---

[1] 安吉尔太太的英文名是"Angel",在英文中也是"天使"的意思。

声音说道,"你知道,我只是希望你过得好,杨斯。不管怎么说,我们是那么爱彼此呀,你和我。你永远都不会抛弃你生病的母亲的,对吧?"

杨斯转身离开,把生病的母亲一个人留在客厅。艾尔莎坐在那里,凝望天空,心想这一定是她一生中最糟糕的日子。

不过他很快就回到了客厅。看到小儿子又带着柔和的目光和温柔的性情回来,艾尔莎·霍尔德的心便又柔软起来。他的微笑是那样讨人喜欢,只有杨斯有这样的笑容。他黑色的眼睛闪闪地发着光。

"玛莉亚怀孕了。"说这话的时候,他脸上的笑藏都藏不住。

两个深爱彼此的年轻人匆匆忙忙地结了婚,科尔斯特德的市长是他们的主婚人。几个熟人见证了这场婚礼,祝福了新人,心里还默默好奇霍尔德家是不是要添新丁了——新娘的肚子看起来有些凸起呢,不是吗?出于基本的礼貌,大家没有直接向新人询问,只是在私底下议论纷纷。此外,每个人都为他们高兴。毕竟,杨斯·霍尔德实实在在地度过了一段艰难的日子,首先是父亲去世,没多久哥哥又突然没了音信。尽管他从来也没有表现出什么。杨斯是一个沉默寡言的人。他很友善,乐于帮助别人,就像之前他的父亲那样。他除非迫不得已,不然绝不开口,因此你基本上不太可能和他进行正常交流。事实上,没什么人相信他居然能找到一个女孩。但话又说回来,也许是她找到的他呢?他们考虑了各种可能。这姑娘很可爱很漂亮,但同时也很沉默顺从。会不会这一切都是他妈妈的安排呢?

婚礼过后,酒馆里准备好了三明治。人们向这对幸福的夫妇祝酒,还唱了一首传统婚礼歌曲。一小时后,杨斯和玛莉亚陪着新郎的母亲走回了家,是她决定要离开的,因为她身体不舒服。

婚后,玛莉亚还是住在工作室旁边的"白色房间"里,不过杨斯也陪着怀孕的妻子,搬到了房间的单人床上。他的母亲则由自己的病痛陪伴着,睡在主楼的双人床上。

▲

在内心深处,杨斯想要一个男孩。在内心深处,玛莉亚想要一个女孩。在内心深处,艾尔莎·霍尔德想要发生一场灾难。

三个人的愿望都成了真。

玛莉亚生下了一对龙凤胎。

杨斯给他们取名叫卡尔和莉芙。

孩子出生后,杨斯终于成功地让母亲腾出了主卧室。让艾尔莎搬进杨斯的旧卧室是一场艰难的战役。那房间很小,她嫌里面空气不好。但毕竟只有主卧才容得下两个大人和两个摇篮,她再想不出什么反对的理由。

没人会去提玛莉亚怀孕期间体重增加了很多,这点重量现在好像减不下去了。这让他俩"白色房间"里的那张单人床显得越来越小。

知道玛莉亚怀的是双胞胎后,杨斯提前好几个月就开始为孩子们准备摇篮。他以前从来没做过摇篮,但他非常肯定,他将做出人们能想到的最漂亮的摇篮。他对每一个细节都倾注了满满的爱心,就像他的父亲制作那些棺材时一样。做完第二个摇篮后,杨斯把自己的脸贴在摇篮里,闭上眼睛,想象着新的生命在这个小空间里成长的样子。

玛莉亚的整个孕期，他的母亲都极难缠。她会为了一个三明治或刚洗过的茶巾尖声叫喊，让人不由得以为无法控制的是她的孕期荷尔蒙，而不是玛莉亚的。更难过的是，宝宝降生后，情况不但没有变好，反而更加糟糕。艾尔莎大部分时间都待在她的"新"卧室里，尽管那房间很小。她要求把三餐都直接送到她的房间，还会大声抱怨菜式。

杨斯也对母亲非常恼火。但他深深陶醉和感激于妻子的爱，以及他们二人带到世上的那一对爱的结晶，根本没有什么能够影响到他。不管艾尔莎尽多大的努力，他的注意力还是在双胞胎身上，在玛莉亚身上，他每天都沉浸在无法言说的喜悦中。

至少在一段时间里是这样的。

一天，玛莉亚去了牲口棚，艾尔莎·霍尔德在自己的房间里熟睡，杨斯去孩子们的房间看他们。小女孩睡得很香，小男孩却躺在摇篮下面的地板上，躺在血泊中。

我的奶奶

他们从来都没告诉过我,我的弟弟到底发生了什么。他们只是告诉我他很小的时候出了事故。后来,我奶奶就去内陆和她表姐一起住了。我们其他人则留在这里,长大了。特别是妈妈。

我是到后来才知道奶奶的事的。是从她自己那儿听说的。在那之前我都不知道我还有一个奶奶。不过有一天她突然出现了,还搬进了工作室后面的那个房间,几乎整整一个月里每天早上做松饼给我们吃。那是在十二月。

爸爸不想谈论她。他好像甚至都不想和她说话,我觉得这真的很奇怪。尽管她做的松饼很好吃,我也很喜欢听她讲关于内陆的故事,我还是对她让爸爸不舒服这件事有点介意。妈妈也不太喜欢她。

这不仅仅是因为她打鼾。我跟你说,她打鼾可是真的超级响。她睡午觉的时候,你在主屋里都能听见她的鼾声。

那之前我们一切都好。就是在我奶奶到来之后，事情就变得不对劲了。我觉得爸爸好像突然失控了，特别是当她说要带我去内陆，让我去那边上学的时候。他们不知道我当时就站在门外，什么都听见了。

亲爱的莉芙：

你奶奶占据了很大的空间。不是像我现在这样占据空间，是以一种不同的方式。她在你很小的时候就离开了。她的离开让我松了一口气。我没想到她在这么多年后还会回来。我想那是你快过七岁生日的时候吧。

我好不容易才几乎把她给忘掉。

再次见到她的时候，我仿佛觉得有人在死死地掐我的喉咙，仿佛肺里所有的空气都被吸了出来。我想，在内心深处，我以为她已经死了。而现在，她突然又站在了那里，微笑着，看起来比以前更健康、更强壮了。

我不知道她想要什么。我不知道她究竟有没有意识到她对卡尔做了什么，对这个家做了什么。也许是因为她吃的药的缘故吧。她给你爸爸寄过几封信，但他从来都没读过，而是直接烧了。

自从她离开，我们都没提起过她，没提起过发生的事情。我们保护自己。

而她回来的时机也实在是太不凑巧了。我又怀孕了。

爱你的，妈妈

归来

她的儿子要求她离开岬角时，艾尔莎·霍尔德马上就明白了一切。她感到很受伤。

儿子可以说是命令她离开的。

盛怒之下，她原本觉得应该是她把他们赶出家门——该离开的是他的儿子。但仔细一想，她还是做不到。再说了，她也无法忍受一个人住在这儿，没有塞拉斯，没有莫恩斯，没有杨斯……带着所有的回忆和所有的痛苦，处在这几乎是彻底的孤独之中。她内陆的表姐最近死了丈夫，给了艾尔莎一个房间住。突然间，离开这个岛的想法似乎很吸引人。她的离开将被证明是她的救赎。

艾尔莎感觉特别奇怪，虽然她生活在上帝的绿色星球之中，被森林、草地、海洋和新鲜的空气包围，却依然觉得像被困住一般。可在这城市突兀的高墙、尖角和烟雾缭绕的废气中，却让她觉得如鸟儿般自由。事实就是这样。在城市里，她又可以呼吸了。甚至她的病情也有了好转。疼痛开始减轻,她也不流血了。一段时间之后,她开始觉得自己身体很好。

表姐是个聪明的女人,当过护士。和她一起生活让艾尔莎特别有安全感。能和一个"局外人"聊聊天,对她来说是一种解脱。还有住宿环境——能搬进一个干净整洁的家,艾尔莎实在是太开心了。她在这里住得越久,就越无法理解她那已故的丈夫和小儿子是如何能在自己折腾出来的那种糟心环境中生活的。

现在艾尔莎承认,自从丈夫出了事,她就吃尽了苦头。在丈夫毫无预兆地离开后,他给她留下的两个儿子就成了她的全部寄托,可他们似乎也打算离开她。杨斯和玛莉亚的孩子一出生,她便被痛苦、忧郁和无法言说的愤怒折磨得无法自处。她非但不帮助刚当上妈妈的玛莉亚,还不可理喻地向自己的儿媳提要求。她一直在给他们制造麻烦,在愤怒,在纠缠,直到她再也忍受不了自己。

最后,她试图逃避一切。她躺在床上,好让自己逃脱看到那对幸福的年轻夫妇时油然而生的可怕情绪的控制。那对双胞胎出生后,她感到从未有过的孤独,从未有过的多余。她从来没有像现在这样痛恨自己这母亲的嫉妒心。这一切仿佛是她给自己套上了一件紧身衣,再也无力挣脱。她极度渴望爱与宽恕,这渴望中还夹杂着一种强迫性的需要,那就是要忍受她深知自己应得的厌恶。

当他们将她流放到那间小卧室,墙从四面八方逼向她,更可怕的是,那个小男孩每天持续不断的哭叫折磨着她,就像硫酸腐蚀大炮一样,她只能用药物和睡眠来麻痹自己,才能免受噩梦的侵扰。她渴望能够在来世见到她深爱的塞拉斯,重新寻回内心的安宁。

意外发生的那天,她甚至祈祷自己在睡梦中安静地死去。这个念头她也向表姐坦白过,表姐还挖苦她说,"安静"地睡觉,可从来不是她的作风。

但还是有一件事,艾尔莎从未告诉过任何人。她对这场意外有一个可怕的怀疑,挥之不去:

玛莉亚非常想要一个女儿。艾尔莎在她床头柜抽屉的底层发现了一本日记,里面记录着这一切。"随感",日记的封皮上是这么写的。艾尔莎当然知道,她不应该偷看别人如此私密的东西,可是想要走进这对年轻夫妇的封闭世界的冲动,最终压倒了她在道德上的顾虑。

玛莉亚想要一个女儿,她的愿望也实现了。让艾尔莎不安的是她日记中的另一个片段:

我生下了两个健康的孩子,这让我很开心,也充满感激。他们是上天赐予的礼物。可我还是被挫败感淹没了。养育两个生命,这个责任实在是太重大了,压得我喘不过气来,尽管我们有两个人一起承担。杨斯很棒,我爱他胜过生命。但他也,嗯,杨斯……有时候他会沉浸在自己的世界里出不来。至于他妈妈,鬼知道能帮上什么忙。

我们能搞定吗?我能搞定吗?男宝宝睡觉很不乖,他总是哭,这弄得我也睡不着,我都要疯了。内心最黑暗的时刻,我真希望自己只生了一个女儿。

对于这个怀疑,艾尔莎自己不敢多想,也不敢对表姐说。可随着时间一天天过去,这怀疑也日益深重地折磨着她。

在六年多之后，她才重新回到岬角。这段时间里她一直没有他们的消息。他们没有回过她的任何一封信，家里也并没有装电话。她只能打电话给科尔斯特德的酒馆，但他们似乎再也没去过那里。一天，艾尔莎给房东打了个电话，得知杨斯·霍尔德这段时间几乎就没怎么进过城。她实在太担心了。而当她搭着计程车赶到岬角，下车后看到的景象一点也没让她的恐惧消失半分。

他们好像已经完全放弃生活了。建筑周围比从前更乱了，而占空间的还不仅仅是这些。

玛莉亚从房子里走出来看这位不速之客是谁，艾尔莎几乎都没认出自己的儿媳。

玛莉亚曾经那么迷人的身材已经完全走了形，现在的她似乎被自己的身体压得喘不过气来，就连从前门走下通向院子的那两级台阶，都得扶着墙才能做到。她走起路来步履蹒跚，过去的轻盈步态早已消失。

艾尔莎尽力掩饰住自己的震惊。

"你好啊，玛莉亚，"她用友好的声音说，"好久不见了。"

玛莉亚点点头，勉强挤出个笑容。艾尔莎无法确定这是她看到婆婆才有的反应，还是由于她自己的身体原因才这样。

"下午好，艾尔莎。真是……惊喜啊。我不知道……我去叫杨斯。"将艾尔莎从渡口载来岬角的那辆出租车慢慢掉头，沿着碎石路，消失在"颈部"和主岛的方向。玛莉亚盯着那车看了一会儿。"我们最近很少有客人来。"她说。

"但邮差还是会来的吧？"艾尔莎这句话问出口，自己也不知道更想听到哪个回答。

"嗯,有时候,"玛莉亚看都没有看她一眼,"我们还是会收到……嗯,就这样。我还是去叫杨斯吧。"

艾尔莎想起了莫恩斯。她已经多年没有听到自己大儿子的消息了,但她很高兴听到他还会寄钱来岬角。他寄来的信封上只写着:"霍尔德,岬角。"岬角上住的任何一位霍尔德家的人都可以,不管是妈妈还是弟弟。

她寄来的信上写的都是:"杨斯·霍尔德"。

玛莉亚走进工作室,顺手关上了门。很快,工作室里面那有节奏的敲击声突然停住了。

艾尔莎注视着一片孤单的雪花,它在天空中飘浮,最后落到地面消失。很明显,这么多年过去,农场院子里的砾石路都没有翻新过,现在大部分石子儿都被泥土盖住了,到处都是杂草和碎稻草,说明这里夏天肯定是杂草丛生。她环顾四周,看着建筑物四周堆得越来越多的垃圾,不由得在冷风中颤抖起来。一只黑猫突然从一些备用发动机零件中钻出来,一看见艾尔莎,便又溜走了。

没过多久,杨斯出现了。

在她被驱逐出自己家的那个可怕日子,是儿子开着车送她去的码头。自那以来,她就再也没见过他。那时她还在想,他是不是真的会将她送到码头呢,还是会在最后一刻把她送到离港口不远的垃圾场?如果他真的那样做了,那将是他多年以来第一次把东西送去垃圾场,而不是从垃圾场把东西带回去。

他的身材并没有像自己的妻子那样发福,事实上正好相反。但他的胡子却长得老长。那一撮小小的八字胡变成了一脸浓密、漆黑的络腮胡子，头发也长到了耳朵的下面。他还像从前一样戴着帽子。见到杨斯，艾尔莎感到一种奇怪的矛盾——现在的杨斯看起来更像他的父亲，而不是她记忆中的那个孩子。

"妈，下午好。"他说着，尴尬地在她的脸上吻了一下。她想拥抱他一下，但他却迅速地缩了回去。"我们没想到你会来。"他看着她放在身边的两个大箱子说。

艾尔莎没有力气去怀疑，是他在说谎，抑或只是他并没有读她寄来的最后两封信。

"我会回内陆的，"她说，"但我希望你们能让我在这里住一阵子……"她犹豫了一会儿，又说，"我想看看你们过得怎么样。"

"我们挺好的，"杨斯毫不犹豫地答道，"你那边怎么样呢？你和……"

"凯伦表姐。我和她住在一起很开心，谢谢你问我。我自己都很惊讶，我很喜欢住在城市里。"

"嗯，是很不错的……城市……尤其是在十二月。"对于玛莉亚的这句话，艾尔莎的解读是，她在建议她尽早回到城市生活的乐趣中去，越快越好。"你打算在这里住多久？"杨斯往工作室的另一边扫了一眼，那是通往"白色房间"的门，门外堆着泥肥撒布机的零件。

他的母亲耸耸肩，说："嗯，我想这得看情况……"

就在这时，她要看的"情况"从牲口棚后面跑了出来。她之前一直在户外。

"爸爸，公羊可以……"看到艾尔莎，女孩停了下来，问，"这是谁呀？"她带着怀疑和好奇指着自己的奶奶。主要是怀疑。

艾尔莎正要回答,却被自己的儿子拦住了。他说:"这位女士要和我们一起住一段时间。公羊怎么了?"

女孩瞪大了眼睛。她显然不习惯有客人和他们一起住。

"那公羊怎么了,莉芙?"

"它撞倒了一个……可是,她要住在哪里呢,爸爸?"莉芙目不转睛地盯着这位要和他们一起住一段时间的女士,盯了好一会儿。艾尔莎也端详着自己的亲孙女,喉咙哽咽。

谢天谢地,这孩子看起来很健康。她长得更像爸爸,身上没有一克多余的脂肪,头发剪得很短,眼睛乌黑,十分警醒。多数人可能会把她当成小男孩,因为不论是从行动还是服装上来看,她都不像个姑娘。她穿着一条破旧的牛仔裤,好像穿了很久很久,而且一直都没有洗过;脚上那双橡胶底帆布鞋大概曾经是白色的,却显然从未漂白过;还有那件上衣,都快烂成了布条。一把插在皮套里的刀挂在她的腰间,仿佛这是世界上最自然的事。而且从木制刀柄的情况看起来,她用它用得很勤。

"这位女士会住在'白色房间'。我先把她的箱子搬过去,然后过来看看那只公羊。你要是愿意的话,可以先把马牵到后面去。"

莉芙转过身,欢快地跑开了。杨斯拿起母亲的行李,坚定地朝木屋的那一头走去。

艾尔莎凝望着他的背影。

"我去给大家煮点咖啡。"身后传来玛莉亚的声音。她迈着沉重的脚步回到主屋里。

正如艾尔莎所担忧的,这里的杂乱从室外一直延伸到了室内。

在"白色房间"里,她拼命找地方来安置她那两个箱子。那里的东西都沿着墙堆得老高,已经没有什么下脚的空间了。塞拉斯之前制作的那些漂亮的卧室家具都被工作室的半成品和垃圾场捡回来的垃圾埋住了。这里什么都有,从罐头、枝形吊灯,到滑雪板、枕头、旧相框,所有东西都破烂不堪。她实在无法想象这里有任何一样东西有一天能起到哪怕丝毫作用。

艾尔莎本想要求住回她二楼的旧房间,可看到那个房间的一瞬间,她马上改变了主意。她宁愿和一大堆破铜烂铁一起待在白色房间,也不愿睡在她曾经那张床上——床角那只瞪着她看的麋鹿头可把她给吓坏了。

光与空气

我把马儿赶进围栏。通常,我会和卡尔一起,花上好长时间给它梳毛、照顾它,快乐得不得了,可那一天,我所有能做的不过是坐下来,盯着它,看着它在那儿打转,在离我不远的地方用马蹄刨着地面。我满脑子想的都是那位女士。以前从来没有人像这样出现在这里,然后搬进来住。主岛上的人会过来修东西,但这种情况也出现得越来越少了,而且即使他们来了,也会马上开车离开。再说了,爸爸也说他更喜欢自己去取货送货。他不信任他们。

我也不信任他们。我信任自己的爸爸。

他还开始把圣诞树拉到科尔斯特德郊外的一处院子里去卖,不再让人来我们这里买了。

突然出现的那位女士是一个很老的老太太,她胳膊上挎着一只小手提包,身上穿着一件纽扣亮亮的外套,一头白发。我们以前只在主岛上见过那样的老太太。见到头发太白的人,卡尔总是有点害怕,但他只对我说过这一点。我告诉他这没什么好害怕的,还会对他说爸爸告诉我的话:"头发变白是很自然的事情。有一天我们的头发都会变白的。除非我们还没来得及变老就死了。"

我和卡尔都密切关注着彼此的头发,当然还有爸爸和妈妈的头发。在那位女士到来之前——我们后来知道了她是我们的奶奶——她来之前,我们还没有在岬角上见到过一个白头发的人。当然,除了动物,还有那个骑着三轮摩托车过来,让爸爸给他的妻子做一个骨灰盒、给他自己做一个烟斗的男人。

我觉得白头发有点像草,它一旦出现,就会越长越多。我们发现,奶奶一搬来,爸爸就长出了白头发。不是在几天的时间里长出来的,而是一夜之间就长出来了。有一天我听到他们在谈论我,第二天早晨,他出现在厨房时,满头黑发中忽然长出了好多白发。甚至连胡子也白了。卡尔被吓了一大跳。

这就是圣诞节前不久的事。

奶奶来之前,我度过了一个最美好的秋天。爸爸带我去钓比目鱼。这是他第一次让我跟他去钓鱼,钓鱼这件事让我兴奋得不得了,但或许更让我兴奋的是,我可以单独和爸爸一起坐在小船上了。我们谈论了自然界中的一切。他告诉我鱼在水里不会淹死,可一旦它们来到空气中,就会窒息。

这在我听起来,可真是件颠覆三观的事。

他还告诉我,我们在鱼儿们在空气中窒息之前把它们杀死,是在帮助它们。我们捕到了一条非常不错的比目鱼,扁平扁平的,眼睛长在完全不对的地方。他演示给我看要怎么做。他用一根特意带来的棒子打在它的头上。起初我觉得这是我见过的最可怕的事情之一。

"看,莉芙,它现在死了。"他一边打它一边对我说。但这是不可能的,因为它还在拍着船底翻来翻去呢。我被吓坏了。我指着那条鱼,张开嘴,却一个字也说不出来。

"只是神经让它还在扑腾而已,"爸爸说,"这很正常。它真的死了。我向你保证它什么都感觉不到了。我们已经为这条鱼做了所有能做的,所以今天晚上可以问心无愧地吃它了。"

"可是,爸爸……"

"嗯?"

"这条比目鱼还会回来吗?"

"回来?"

"嗯,就像树叶……像青草、蝴蝶、狐狸和面包师。你总告诉我,一切都会回来的。"

爸爸凝望着水面。他的嘴里叼着烟斗,小船里弥漫着一股好闻的烟草味道和海水味道。"是的,"他庄重地说,"比目鱼也会回来的。"

我爬到爸爸身边,在小船底部蹲下,坐在他的两脚之间,闻着焦油的味道,听着身边的木头嘎吱作响。我能看到船舷上方的一片蓝天,天上几朵松软的云朵一动也不动。我看不到大海,但我能感觉到,它就在那嘎吱作响的木板的另一边。

"变成另一条比目鱼吗?"我很好奇。

"也许吧。也可能是其他的东西。"

"其他东西?一条鲽鱼?"

"嗯,为什么不呢?"

"还是兔子,或者……一个人?"我扭头看看父亲,想越过胡子看到他的眼睛。可我只能看到他的胡子和那个烟斗。我不确定他是不是耸了耸肩,但他说出来的话确实是很奇怪。

"莉芙,有一天可能会有人告诉你上帝的事。"

"上帝?是长得像鲈鱼的那种鱼吗?"

"不,他不是一条鱼。他是……我该怎么说呢?很多相信他的人说他住在天上,决定着一切。"

"住在天上?"我的目光立刻从他的胡子挪向了天上的云朵,"他长什么样子呢?"我眯起眼睛,问道。

"噢,我不知道。人们说他长着长长的白胡子。"

这就一定会吓到卡尔了。

"长长的白胡子……还住在天上?"我百思不得其解。

"没错。这很难解释。但我想告诉你的是,我不确定这些人是不是对的。我不相信上帝。"

"因为他说谎吗?"即使在那个时候,我也百分之百确定地知道,撒谎是不对的,除非非撒谎不可。

"不,我的意思是,我甚至不相信他真的存在。"

"嗯,我从来没见过有什么人在天上,所以我也不相信,"我坚定地说,"但我相信那只海鸥。"

爸爸的胡子往上扬了扬,又落了下来,我终于能看到他的眼睛了。"没有错,我们相信海鸥。"

我笑了。我从皮质的刀鞘里抽出我的匕首,高高举起来,好让阳光能照在上面。匕首上有一道凹槽,我喜欢看那凹槽。我们是在自行车店老板的外屋里找到它的,这把匕首,还有其他几样我们需要的东西,比如轮胎,还有手电筒、一把破阳伞和一袋甘草。

我们静静坐了一会儿，等待着。

"妈妈也不相信那个男人，对吧？"

还没等到爸爸的回答，又有鱼咬钩，我们就忙着处理那第二条比目鱼了。这一次爸爸让我来帮助它死去，他说我做得很好。我们又钓了几条之后，他把鱼竿收了起来——我真是失望极了。

"你永远也不应该从自然界中索取多于你真正需要的东西，"他解释道，"如果我们把所有的鱼都钓光的话，下次可就没有了。"

我明白了。我看看我们索取的东西："一、二、三……四条比目鱼。"

我们四个人一人一条。

爸爸笑了。他又给我看了鱼线末端的鱼钩，那上面吊着一样长长的重物，还有几颗彩色的珠子。"看看这个，莉芙。明天我教你怎么在工作室做这种铅皮。你肯定能学会的。"

我确实学会了。那之后没多久，我又学会了怎么给自己也做一根棒子，就是用来敲打比目鱼的头，好让它们马上死去的那种。

小船上的那一天是我记忆里最阳光灿烂的一天。后来，在我不得不坐在废料斗的角落里，还得保持万分安静的时候，我有时会想起那一天。在黑暗中回想光明的事情是很美好的。

不久以后，爸爸让我和他一起去设捕兔陷阱。在森林外围很容易就能找到兔子的足迹。爸爸教我怎样把一棵小云杉树横在它们的必经之路上，再把兔子经过的位置的枝条剪掉，做成一个通道。这之后，再用金属丝做成一个绳套，悬在树干上。第二天一早我们去查看陷阱时，那里面有一只跳入陷阱的死兔子。那绳套太紧了，深深勒进了它脖子的皮毛里,都看不见了。

那天晚上,我们做了炖兔子肉,配料有家里的牛奶做成的奶油,附近的草地上采来的百里香和我们花园里种的蔬菜。既然我们从这里就能得到所有需要的东西,为什么还要花钱去商店买呢?爸爸总这么说。他情愿只把钱花在必需品上,比如动物饲料。

我们开车去韦斯特比买饲料,通常拿回来的会比我们实际付钱买的多。爸爸说这没关系的,因为韦斯特比有那么多的饲料,而我们对动物又那么好。杂货店的储藏室也是这个道理。那里有那么多的东西,所以我趁爸爸拉住老板谈论天气的时候偷偷溜进去,自己拿上几个罐头也丝毫没有问题。

再后来,我又学会了剥皮和切肉。去掉毛皮之后,兔子就会变得很瘦。不过,最让人难以置信的还是看到隐藏在它们身体里面的东西:粉色的肺、紫色的肾,等等。还有长长的、卷曲的肠子。我突然想到,妈妈身体里一定有好多好多的肠子。

也是在那年秋天,我开始去主岛上猎鹿。爸爸知道一个大农场旁边有个地方,天黑后经常能发现牡鹿,有时在森林里,有时就在田野上。爸爸不喜欢往动物的身体里面放"火药"。我完全不知道火药是什么,不过我认为我也不喜欢这么做。他说它的破坏性太大,会制造完全不必要的噪声,而且太贵。我知道这些都是很好的理由。我们不喜欢伤害动物,不喜欢制造噪声,也不喜欢花钱。

所以我们用弓箭。爸爸的弓又大又重,我的和他的一模一样,不过做成了适合我的大小。是他在他的工作室为我做的。他还教我如何用松木和鹅毛制作自己的箭。他向我解释,要做出一支好箭,就需要把木头打磨到合适的厚度和柔韧度,还让我自己去弯折和转动箭身,好让我明白他的意思。

我们用一个裂了缝的罐子做了个黄铜箭头。那罐子是我从被我叫作"面包师的杂物堆"的那堆东西里找到的。每次我从一堆杂物里找到一样东西的时候他就会说:"看,我早说过吧,一切东西都是有用的。"

我拿罐头和圆木当靶子练习了好几个星期之后,爸爸才允许我在黄昏时去打老鼠。我终于射中了一只,它不停地扭动,我看到哭了起来。我的箭射中了它的屁股,就在尾巴的正上方。那老鼠每动一下,那支箭和箭尾的鹅毛就跟着蠕动一下,轻轻摩擦着地面。爸爸马上用棍子打死了它。他说我没有必要哭,我应该想想狐狸得到这样一餐美味会有多开心。

我们等到月亮出来才去猎鹿,因为那时候既是天亮也是天黑。这意味着,我们能看见牡鹿,而牡鹿也不会疼。因为黑暗会带走痛苦。

我第一次跟着爸爸去猎鹿的时候,牡鹿就站在满月下面的田野里。它的侧面对着我们,爸爸的箭径直射进了它的心脏。但那头鹿并没有马上倒地。它转头看向我们,又朝我们走了几步,最后才瘫倒在我们面前。它的动作很缓慢,看起来很平静。事实上,它的死亡是我见过的最平静的事情之一。我敢肯定它看了我的眼睛,并没有生气。

"这是头老牡鹿,"爸爸说,"现在世界上就有了一头年轻牡鹿的位置,而我们也有了好几天的食物。这是世间的事情应有的样子。"

"可是它有孩子要照顾吗?"

"它们现在长大了,可以照顾自己了。"

"那我什么时候才能长大,可以自己照顾自己呢?"

"看你现在拉弓射箭的水平,很快了。"爸爸微笑着说。那一刻我感到非常自豪,非常开心。但我只开心了一小会儿。

"那你呢?"

"我怎么了?"他奇怪地停顿了一下,接着说,"即使你长大了,可以照顾自己了,我也会和你在一起。我不会那么快死的。"

"在你头发变白之前,你都不会死,对吗?"

"嗯,在我头发变白之前绝对不会。"

那时候我还不知道爷爷和那次闪电的事。

为妈妈找书是我和爸爸最爱做的事情之一,因为每次我们带着一堆书回家,她都会特别开心。你都不会相信人们在他们外屋的硬纸板箱里放了多少书,而且我总觉得他们从来就没读过那些书,将来也都不会读。最后,妈妈有了一座书山,她肯定会把它们都读完的。我们把大部分书都放在了卧室里和"白色房间"里,爸爸在那里面做了一个又大又漂亮的书架。的确,慢慢地,它前面就堆起了好多别的书和别的东西,书架也就看不到了,但我们都知道它就在那里,而这才是最重要的——我们都喜欢这么说。

我也喜欢书。奶奶搬到岬角上来之前,妈妈就教会了我读书和写字。她曾经说,我就好像是在出生前就已经会了,只是需要温习一下而已。我学起这些来确实很容易,而当我发现我大声朗读会让她很高兴的时候,这就更容易了。

这就是为什么我握笔的姿势有点奇怪也没关系。我握笔的姿势就像握着一支马上要射出去的箭，我就是无法调整自己，用妈妈教我的方法握笔。最后我们一致同意，我握笔的姿势不对却能把字写对，总比握对了笔却写错了字要好。再说，如果你仔细想想，我没有像拿铅笔那样射箭，这才是幸运的事，要不然，我还怎么能总是射中目标呢？

一天早晨，我在屋后练习射箭时，发现妈妈正越过她晾的衣服看着我。

"我知道我们接下来该读哪个故事了。"她突然说了这么一句。

现在，除了大声朗读一本书，或者是向我解释什么事以外，妈妈不常说话。我觉得她一点也不喜欢说话，但肯定很喜欢阅读。而当我和她一起坐在她的床上，听她读着她为我选的书时，我很喜欢听。事实上，我还真不知道我究竟是更喜欢她读的那些故事，还是她的声音。有时候我无法分辨这两者有什么区别。有时候我会忘掉声音，沉浸在故事中；有时候我会忘了自己在听故事，沉浸在她的声音里。她讲故事的声音不大，但足够让人沉浸在她的声音里。那里面有空气。在那个时候。

后来，我发现妈妈的声音里不再有空气了。她的声音越来越微弱，最后变成了耳语，而我的名字变成了急促的呼吸。

我很高兴她在自己再也发不出辅音字母之前教了我字母表。她最后对我的称呼是"I"。在她没法再离开她的卧室之后，我开始去那儿找她，还给她读我选中的书。

有一天她连元音也发不出来了。

我不明白她为什么发不出声音了。她还教过我在说话的时候不要吞音①呢,可到了最后,她自己却这么做了。她自己把自己的声音吃掉了。首先是空气,然后是声音。她吃得实在是太多了。

那天在晾的衣服后面,她想到的故事是《罗宾汉》。

---

① 吞音是说英语时由于语速快产生的连读现象。

亲爱的莉芙：

　　我知道你一定很好奇我的声音是怎么回事。我无法解释这到底是怎么回事，只能说文字卡在了我的喉咙里。就好比它们往上顶的过程中占据了所有的空间，而我却没有力量推它们最后一程。最后，还是放弃努力比较容易。

　　就像是你的喉咙发炎的时候，你会不停地试着喝热汤和容易吞咽的食物，来缓解那种不适。就是这种感觉。我说得越少，就只能吃得越多。

　　最后，一大堆没能说出口的句子卡在我的喉咙里。断断续续、彼此无关的词句，中断的开头，未完成的结尾，中间一点空气也没有的句子，就那么堆积着。

　　我的悲伤也堆积在了那里。我不想把它传递给你，也不想把它传递给你爸爸。他还得应付他自己内心的悲伤呢。所以我把它藏在自己心里。这是我保护你们两个的方式。

　　你爸爸的方式则不一样。

爱你的，妈妈

黑暗与混乱

杨斯·霍尔德向来只从自然中索取他真正需要的东西,从不多拿——松香除外。

这一切始于他的好奇心。他的父亲向他介绍了这种金色的树液,并告诉了他它的特性。就在他意外去世前不久,塞拉斯·霍尔德甚至还向他的儿子演示了如何从松树树干上取下一小块树皮来提取树液:他在那块树皮被揭下的地方刻出一个 V 形的通道,让树液从中流出,再把杯子放在 V 形通道的底端,接住它们。

杨斯很快就发现了哪些树最适合取松香,并开始定期去取。他走在这些树旁总是小心翼翼,因为它们不应该受到他的侵扰。这些树就像是奶牛,挤奶的时候一定要温柔。

他知道他的行为是在给树带来伤害,却觉得这很有必要,尽管他自己也无法解释原因。也许那松香有着松树的芬芳,像一种他离了就活不了的芳香兴奋剂。又或许杨斯真的相信,总有一天他会为他储藏在工作室里的那些凝固的松香找到使命。那是一大团形状不规则的黑色块状物，黏在一起分也分不开。这让他想起有一次和父亲躺在棺材里，两人吃的那包黏在一起的甘草糖。那是他吃过的最好吃的东西。

通过实验，杨斯找到了一种去除松香块中杂质的方法：在一个金属罐上铺上一层钻了小洞的锡箔纸，再把松香块铺在锡纸上，放到火上烤至熔化。为了方便做这个，他用铁条和马蹄铁做了一个精细的装置，专门用来放金属罐。烧着烧着，杂质留在锡箔纸上，纯净的松香则会滴到金属罐底。它们变硬后，他便储存起来——纯净松香放在一个桶里，杂质则放在另一个桶里。这样，就随时可以再拿出一些烤到熔化，不管是为了什么理由。他有好几个这样做的理由。松香可以抗菌，而只要方法得当，它还可以制成肥皂，或优良的胶水。它甚至还可以做燃料。至于那些不纯的松香，把它们涂在一根棍子顶端，就成了一支能够稳定燃烧的火把。

那只在琥珀的宇宙里不朽的小蚂蚁被他一直收在口袋里。它看起来还和许多年前塞拉斯第一次在北沙滩给儿子们看的时候一个样。它看起来还和数百万年前一个样。那只蚂蚁的使命就是把一小块干的松香运回蚁丘，好让它们不得病。然而，被困在这团黏稠的物质里，并窒息而失去生命，就是它的宿命。但它的身体被保存了下来。

松香的这一点让杨斯·霍尔德着迷：它可以治愈，可以保护，可以保存，却也可能致命。

有那么一段时间，那几个松香桶是他的工作室里唯一尚有秩序可言的东西。你可以认为它们就是风暴眼吧。它们一个挨一个整齐地排着,就像三个并排的垃圾箱,但里面装的东西却是他最离不开的。在这一大片混乱不堪的纸箱、麻袋、工具、发动机零件、成卷的织物、线缆、食物残渣、报纸、塑料袋和其他各种各样的物品之中,装着松香的桶子提醒着他,曾经,他所关心的只有树。

但慢慢地,这些桶子也被淹没在废物的海洋中,你身在工作室也看不到了。可杨斯总能找到它们,他可以毫不费力地找到他要的东西。他对秩序的理解,影响了非常有限的几个曾经打开工作室的门往里看的人。到最后,除了他的妻子和女儿,他不再允许别人进去。而他的妻子也从未试过要进去。

杨斯·霍尔德脑中的世界不是照人们惯常所遵守的系统和规则运行的。他不知道怎么给东西分类,进行整理。他只知道感受和记忆。一把锉刀不用非得和其他的锉刀放在一起,如果这把锉刀是他之前从垃圾场的一堆东西里刨出来的,那么它自然而然就应该放在油灯旁边,旁边可能还放着一件制服外套。它有它自己的逻辑。

长柄大镰刀也有它固定的位置,正对着车床后面那堵墙上挂着的那张大地图,这是因为它的形状让杨斯想起科尔斯特德东北方向,那凸出的海岬,和它形成了一个小海湾。那地图现在几乎被几个箱子遮住了,但他知道它就在那儿,这才是最重要的。在黑暗中,能看到的只有北沙滩。

在地图被挡住之前,杨斯和父亲花了很多时间研究它。那个时候,这个岛对他来说真是太大了。他们一致认为,岛的形状像是一个男人的身体。他们把科尔斯特德想象成男人的心脏,垃圾场想象成他的背,至于岬角嘛,要是他们让这里的大树疯长一通,这个男人的发型和胡子就会更加狂野了。想象这些让他们很开心。不过这个男人的头顶是秃的,那里就是海滩的位置。这座岛是一个正在经历变化的躯体,他们可以改变它。将它变成一个野人。

当你渐渐长大,世界总会变得越来越小。可对杨斯来说,岬角之外的世界却变得越来越大了。杨斯成年后,当主岛上出现新的居民,出现了不同类型的商店、企业和机器,他觉得这一切越来越难以应对,越来越陌生。

有时候还会有人到岬角上来,告诉他,这个地方需要清理,这里的脏东西都要堆到天上去了,他周围囤的东西太多了。人们会问他为什么不开始清理这些垃圾呢。

他们说这话的时候居然还微笑着,这大概是最可怕的。

外面的世界成了一种威胁,它是入侵者,开始控制他的生活。

⛰

一天,两个女人出现在他们的牲口棚,对他说他生活的世界是一片不可饶恕的混乱,但他还有希望,因为上帝愿意帮助他。如果杨斯能够像爱父亲一样爱上帝的话,上帝就会帮他收拾打扫的。

杨斯说不出话来,但他死死瞪着她们,还用粪耙对她们表示了威胁。

她们离开的时候,都笑不出来了。

杨斯能看到人们看不到的东西。当他端详他这一幅由各种杂物构成的图景时,他看到的可不是混乱和肮脏。他看到的是一个坚不可摧的整体。他要是拿走其中的一样东西的话,整幅画面就毁了。

人们不明白他在这里积攒的一切物件都有其存在的意义、价值和目的。虽然他从来不看报纸，但一张用来包裹陶土花瓶的发黄报纸上可能藏着他将来有一天会需要的信息。一件旧马具能让他想起他驾着马车去科尔斯特德的情景。那手电筒只要修好了说不定就会派上用场。他有一大堆电池，其中总有一些是能用的。那些录音卡带肯定有用，那都是他从手机店后面的一个货盘上拿回来的，仍然整整齐齐地堆成排，外面的热缩塑料包装还没有拆——这塑料包装毫无疑问也是能用上的。罐头食品多存一些总是好的，万一碰上萧条时期呢，再说他也从不相信什么"赏味期限"这一说。他父亲留下来的那个细刨用起来一点问题都没有。帽子他也需要，等他把他爷爷那一顶戴坏了，就需要这些了。那个烛台很对称，极富美感，只需要打磨打磨就好了。雨伞总归是有用的，所以有多少都不算多，他也很确定坏掉的那些他都还能修。有人曾经扔掉过一袋一次性餐具，这让他感到不可思议。没有什么东西是"一次性"的，总有一天他会把它们全部洗干净。他从一个农民的谷仓里拿回来几袋盐——那农民接了个在路上铺沙砾的活儿——这几袋盐他也总能找到合适的用武之地，反正总比被铺在路上强。

杨斯对于留住这些东西，让东西保持现状有一种强烈的责任感。这让他感受到快乐，与每一件经他的手照顾的东西有一种情感的联结。这种联结的感觉给他刺激。一旦有人试图打破这种联结，他便会感到疲惫不堪。甚至会让他惊恐。

一旦他为了别人尝试着去扔掉些什么——起先是为了他妈妈，后来是为了他妻子——结果肯定会出问题。他做不到。这会让他心碎。他的妈妈从来都不理解。他心爱的玛莉亚也不理解，但她接受了他本来的样子，知道他不会有任何改变。他的父亲却能理解一切。

随着时间的推移，一种恐惧开始在杨斯心中挥之不去：他害怕他可能会无意中丢掉一些无可取代的东西，那东西可能就藏在其他东西中间、下面或者里面。甚至当所有人都不再要求他清理和扔掉东西了以后，这种恐惧仍在增长。在梦境般的场景里，杂物和恐惧交织在一起。他还会做噩梦，梦到自己看见一只雏鸟在橘子皮上孵化了出来，要是他把那橘子皮扔掉了，这只小小的、无助的生物该怎么办啊？再后来，在他的噩梦里，那只小鸟变成了一个小婴儿。

不，没有什么是多余的。和他教给莉芙的不一样，他从自己的父亲、哥哥和儿子身上学到，所有离开他的东西都不会再回来。所以他不允许任何东西离开他。

可新的东西却会源源不断地到来。很长一段时间里，他们家的东西都是他自己收集来的，后来，当他女儿也会去主岛取食物和其他必需品的时候，她也会带一些东西回家。他喜欢和她一起去，这样她就永远不用离开他的视线，但最终，他只能让自己相信，她总会回来的。

她确实没有让他失望。

他们两人之间有着牢不可破的纽带。他知道莉芙永远也不会离开他。

在木匠的一张长凳上，水平地摆着一个沙漏。这是塞拉斯·霍尔德和他的小儿子有一次在别人家的牲口棚里找到的，他们把它带回工作室，一遍又一遍地翻动着它，数着秒针和自己的呼吸，观察时间从它狭长的颈部平静而稳定地流逝。沙子在那洞里待了几十年，沙子均匀地分布在沙漏的两边，深色的木头和精致的玻璃掩盖着灰尘和回忆。

杨斯看过莉芙研究这静止的沙漏时的样子。她知道她不能碰它。有一次，她还问到为什么他们不用它。她太想看到这些沙子流动起来了。

但杨斯知道，时间总有办法从你身边溜走。他无法给女儿上这一课。至少现在还不行。

十二月

我记不清奶奶在我们家住了多久,但肯定有整整一个月。那绝对是在圣诞节前,因为她教我用纸折心形,教我唱赞美圣母玛利亚和耶稣的圣歌,我还老把耶稣叫成杨斯。我还是没弄明白"杨斯"的爸爸到底是谁,但我很喜欢他是在马厩出生这一点,而且是在晚上。

我问妈妈我和卡尔是什么时间出生的,她说肯定是在下午,当时有位女士在场帮忙,她还说生我们的过程很痛苦。我很希望她当时等到天黑再把我们生下来,但至少卡尔一直和我在一起,这让我很高兴。我从来就不喜欢一个人。

或许这就是为什么我喜欢看我和卡尔的画。这些画挂在我们的卧室里,用钉子挂在床的上方。画都是爸爸画的。每一年金银花开花的时候他都要给我们画一幅,从这些画里你就能看出来,我们一年一年长大了,但还是长得很像。每一年的新画都会挂在旧画的上面,这样你就可以翻来翻去,看到我们婴儿时期长什么样。我喜欢给爸爸当模特,在他画我的时候坐在那里一动不动,因为这样我就可以看着他,看他越长越长的头发和胡子。

爸爸也曾经画过妈妈。那幅画装在一个精致的小画框里,挂在他工作室的墙上。我只见到过画过妈妈的这一幅。不过这也是我见过的画漂亮女人画得最好看的一幅。

尽管奶奶住进的是工作室后面的房间,但她好像已经接管了主楼。卡尔也感觉到了。起初我们都觉得很兴奋,从来没有想过这可能也很危险。

那天早上,奶奶来到我的卧室,坐到我的床上。那是我第一次和一个外人对话。我是说,真正意义上的那种,只有我们两个人。奇怪的是,我一点也不害怕。刚开始的时候,我肯定是害怕的,因为妈妈在谷仓后面的洗衣房里,爸爸在外面的圣诞树那儿,所以如果我尖叫,他们两个都听不见。

但她看起来并不危险,这位女士。她微笑着坐到床沿上,说:"你好,莉芙。你在做什么?"

我觉得这问题可真蠢。她肯定能看到我坐在我的床上,看着那些画。

我什么也没说,只是用手指了指,指着墙上的我和卡尔。

她也看向我们,看了很久。然后她站了起来,走到我们跟前,开始往回翻,翻到我们还是婴儿的时候。她背对着我。

"我们长得很像。"我说。

她点点头。

"这些是我爸爸画的。"

她又点点头。

我的视线从那些画上移开了,移到了那位我当时还不知道就是我奶奶的女士身上。她正看着我和卡尔婴儿时期的画。我不知道我该不该告诉她那次事故的事。

"我的双胞胎弟弟出了点事。"我最后还是说了。她又点了点头。她真的应该去干点别的了。我不知道她是不是知道卡尔的事。

她终于转过身来,看着我。她在微笑。

"你喜欢吃松饼吗?"她问。

我不知道该说些什么。我不知道松饼是什么。所以我模仿了她做的事。

我点了点头。

我很快就发现,我很喜欢松饼。她在第一个松饼上撒了糖,然后卷成一根香肠的形状给了我,又开始做第二个。我咬了一口,忘了把香肠捏住,所以糖从底下漏了出来。我能听到糖末撒在地板上的声音,那位女士说了些什么。但我完全没顾上,因为这是我咬过的最甜的一口。

她清扫了地板,还摸了摸我的头发,又给了我一个加糖的松饼。吃到第四个的时候,我已经坐到了地板上,糖撒得身边到处都是。她说没关系,我们哈哈大笑起来。

这时妈妈进来了。

奇怪的是她们都没有说话。她们只是互相看了看,妈妈就转身离开了。我想她应该是去谷仓了吧。原本我不知道该跟着她走,还是留下来吃糖。可女士开始说话了,所以我待在那里没有动。

"有好朋友和你一起玩吗,莉芙?"我点点头。我有卡尔,还有那些动物嘛。

她看着我,但我什么都没说,因为我已经点过头了。

"我的意思是,你会见到其他的孩子吗?"她边说边递给我另一个刚出锅的松饼,"小心烫哟,宝贝。"

我又点点头,去接那甜美的食物。我说:"嗯,我会见到卡尔。"

松饼在空中停住了。这一次糖撒得到处都是可就是她的错了。她过了好一阵子才把松饼递到我的手上。

卡尔也来到了厨房里,和我们一起。他盯着那位女士看,我想他有点害怕她。她看起来太奇怪了。而且,之前也说过,她确实是白头发,非常白。

接下来的好几天,她每天早上都会起床给我们做松饼。前几次她用的是她带来的一些盒子里的原料,都用完之后,我就会帮她去捡鸡生下来的蛋,挤牛奶,从袋子里取面粉。那个时候那些袋子是在走廊上的。我想应该是的。这样做出来的松饼就更好吃了,因为我也帮了忙。

爸爸吃得不多,也没怎么说话。妈妈吃了不少,一句话也没说。我就放开肚皮吃了。

最后我和奶奶待在一起的时间很长,因为爸爸妈妈都有事情要做。但我觉得他们其实是想避开她。爸爸忙着卖圣诞树,开车把它们送去主岛，以及去办各种杂事，然后又开始做圣诞礼物。也就是因为这个，圣诞节前的最后几天，他就不再让我进工作室了。妈妈也忙着在卧室做一些非常秘密的事情。

我不知道他们在做什么。去年的礼物是一套木偶剧院和一副兔皮手套。

很久以前爸爸就开始把东西往客厅的天花板上挂了，这样我们在地板上行动就能更轻松一些。我喜欢坐在那把绿色扶手椅上，抬头看着这一切。东西越堆越高，越堆越多，渐渐高过了窗户，这样屋里就越来越黑，爸爸仿佛是在这里造出了一个魔法洞穴，越来越神秘。

我最喜欢的东西之一是那把小提琴，它挂在烧木头的炉子上面，火烧起来的时候，小提琴就会像风向标一样旋转。要说鸟的话，化学家的猫头鹰标本就在角落里看着我。它坐在沙发上，沙发的一头在一个裁缝店的假人和一堆杂志的后面。我喜欢那只猫头鹰。我自己晚上出门的时候，就会学着和它一样安静。老实说，我过了好一阵子才发现，这只化学家的猫头鹰其实是死的，因为它做的事情和我在森林里见到的那些一模一样呀。

我总会想，这下我们一定已经把岛上所有的东西都收集起来了吧，可是却总有更多的东西需要带回家。比如，那位女士到来的前一天，爸爸就带回来一架他用圣诞树换来的钢琴。那钢琴缺了一些琴键和一块踏板，但爸爸说，除此以外它并没有其他的问题。他挪动了几只箱子，就在客厅里找到了地方放这架钢琴，而且是放在了地面上。他还在钢琴顶上放了三个大收音机，还有一个人的半身石膏塑像——据说这个人弹过这钢琴一次。这真的让我想不明白，因为这个人没有胳膊也没有腿。

糟糕的是，我非常清楚地感觉到，那位女士不喜欢这么多的东西摆得到处都是。走进客厅的时候她会咳嗽——咳得几乎和她的鼾声一样响，她还经常喃喃自语，说着几年前发生的事情是多么可怕。我完全不知道她在说些什么。

她肯定还很笨手笨脚，因为她总是撞到东西。有一天，她的大脚趾撞在了厨房门里的电唱机上，就大叫了起来。她觉得那东西不应该放在那里，尽管从我记事起它就在那里了。还有一次她在浴室里不小心撞到书架，被一箱泡在盐水里的金枪鱼砸到了头，那次她发出的尖叫声才恐怖呢。爸爸从工作室里跑出来，过来看到底怎么回事。我记得他站在门口，一语不发地盯着她，而她靠在水槽边，回头看着他，不停地摇头。然后他就走开了。他已经亲眼看到她的头还挂在脖子上，一切都好好的。

她想找一个装着圣诞节装饰品的纸板箱，她觉得肯定在某个地方，但找了几天也就放弃了。我们就用我找到的东西做装饰。我们用洗碗槽里找来的一卷棕色的纸折成心形，它们漂亮极了。我不明白为什么她想要我们用不同颜色的纸做，棕色怎么了？真正的心脏的颜色不都和棕色挺接近的吗？

她说她从内陆带来了圣诞礼物，我怀疑可能是我在她的一个箱子里找到的小收音机和桌游。这些东西全都用亮闪闪的纸小心翼翼地包着。我检查完之后，又用同样的方法把它们包了回去，只是我不太会用胶带。

爸爸把树挂在客厅，我觉得这是我见过的最漂亮的圣诞树。卡尔也有同感。我用自行车辐条做的那颗星星在天花板的横梁下面闪着好看的灰色的光,树干底部距离地面至少有一米高,这就给礼物留下了充足的空间。

离圣诞节只剩下几天时间了,我仍然不知道那位女士就是我的奶奶。说起来,我还有点难过她没能看到我们的那辆卡丁车,也没能看到她自己的礼物。

有时候我一大早就会去厨房找她,找个地方坐下。我一点也不害怕她,但卡尔有一点怕。我喜欢和她说话,喜欢她摸我的头发。而且她闻起来好香。

她的行李里有一些让人非常兴奋的东西,我趁她不在的时候花了好长时间研究。除了那些礼物,我还找到了能涂在脸上的东西,还有我以前从没见过的鞋子和衣服之类的,淡紫色尼龙紧身裤和浅棕色的皮鞋。我都不知道世界上还有这么漂亮的鞋。

那位女士总是特别想知道我在做什么,所以我就把我能记得的都告诉了她。比如我为我的弓做了更多的箭,或是在家里成堆的东西中探险寻宝,或者帮忙照顾了动物。一天早上,她问我为什么这么困,我说我出去猎鹿了。我不能和她说实话,我答应过爸爸不告诉任何人我们晚上都做些什么。我们甚至开皮卡车的时候都格外小心,我们平常会把它停在砾石路上离房子更远的地方,这样她就听不到车子发动的声音了。

"你晚上经常出去吗……不睡觉?"那位女士接着问我。她看我的眼神特别奇怪,卡尔用胳膊肘碰了碰我,让我和他一起出去。但我没有动。

我费劲地想了很久,不确定现在是不是必须撒谎的时候。

最后,我说:"是卡尔。"

我喜欢听她说内陆的事。她住的那个城市听起来超级大。我想那城市里一定有好多好多东西——也许多到我们在这岬角上都放不下。她还说了很多关于那里的孩子的事情,那里的孩子们会在一起玩,会去学校,在那里学读书、写字,还有算数。

"莉芙,告诉我,你的父母有没有和你说过去上学的事情?去科尔斯特德?"

我知道科尔斯特德有一所学校。有时我们开车经过,我会看到墙后面的操场上有孩子。总是有孩子在尖叫,总是有一个大人在斥责他们。没有人身上会带匕首。操场上除了柏油路面和白色条纹,什么也没有。

爸爸说他不喜欢那里。

我以前不知道我是应该去那里的。

"妈妈已经教过我读书写字了,"我说,"爸爸也在教我怎么用一样东西做成另一样东西,怎么在车床上转动一根木头做成木棒,怎么做钓鱼用的铅皮和箭头,还教我怎么做肉饼压模、做陷阱和剥兔子皮。还有,只要它们是在黑暗中死去,就不会感觉到痛苦。我还知道怎么玩那个游戏,就是怎样在不吵醒别人的情况下拿走东西。再说,我还有一把匕首,我还可以玩它。"

她又看了我一眼。我开始怀疑我是不是说得太多了。嗯,一定是的。我还不习惯说话要注意。这太累人了。

"我觉得,你要是能去上学的话就太好了,"她终于说,"还有,把匕首留在家里。"

这下轮到我呆呆地看着她了。卡尔去找爸爸了,而我不知道该说些什么。但她似乎开始说了就停不下来。"莉芙,我觉得你住在这儿，整天和这些垃圾、尘土待在一起，没有什么好处。你可能会出事，可能会生病……我认为你最好离开一小段时间。我需要和你爸爸谈谈。"

"你和我爸爸到底是怎么认识的呢？"我问。我开始怀疑了。也许卡尔是对的，她确实有些地方不太对劲。

她迟疑了一会儿。

"你爸爸是我的儿子。我是你奶奶。"

这完全说不通。而卡尔也不在，我也没法问他。

"是你的爷爷，也就是我的丈夫塞拉斯，教会了你爸爸用木头做这么多好看的东西。还有你爸爸总是戴着的那顶帽子……那曾经是我爸爸的。"

锅里的松饼烧焦了。

"……我们还得谈谈卡尔的事。"她一边继续说，一边迅速从炉子上把平底锅拿了下来。

"但他不在这里。"我希望爸爸和卡尔很快就会出现。

"嗯，我知道，"她说，"你知道他在哪儿吗？"

那天晚上，他们在客厅里谈话，我躲在门后偷听。他们三个人都开口了，连妈妈也不例外。谈着谈着，爸爸开始大声喊叫。我从来没听到过他那样喊叫。第二天早上，他的头发就开始变白了。

那个时候离圣诞节只有两天了。那真是特别奇怪的两天。

没有人说话。我想他们是在思考吧，我也是。我在想她想要带我去内陆的事，想要让我去那里上学、和其他孩子打交道的事，还有政府机关，还有个应该去见的医生，还有她订的一个废料斗。

我清楚地记得，她说这个地方需要彻底清扫一遍。我能理解为什么爸爸会对此那么生气，因为他总会非常小心地把动物身上的脏东西都弄到田野里去，他说这能让它们发挥自己的益处。

尽管如此，我还是给她准备了一份礼物。那是一个小盒子，有一股奇妙的烟草气味。我觉得它是用来装小东西的。最后那个盒子我就自己留着了。我给妈妈找了一本关于蝴蝶的书，给爸爸收集了整整一罐松香。我还找到一块很好看的红黄相间的松香，这是给他的一份特别礼物，因为那里面还有一只甲虫。要是他把这块松香留在身边足够长的时间，它可能就会变成琥珀，和他一直放在口袋里的那一块一样。或者，他还可以把它和那只蚂蚁还有那个沙漏一起放在长凳上的小洞里。我还没有学会数到一百万年，但我知道那是很长的一段时间。

在奶奶来岬角上之前，我从来都没想过我们为什么要过圣诞节。我以为那是因为这很好玩。爸爸和妈妈从来没有和我解释过为什么，我也从来没有问过。在和奶奶的聊天中我才知道圣诞节和一个叫耶稣的男人有关系；和圣诞树、和我用自行车辐条做成的星星，还有我们的鹅和鱼贩子的花园小精灵之间有关系。但这一切到底意味着什么，我还是不明白。

在那个废料斗被送过来之前，我也不知道那究竟是什么东西。它是在新年之后被送过来的。一辆很大的卡车载着它开了过来，在石子路上颠得很厉害，声音也很响。我从牲口棚后面的水泵那里跑过来，想看看发生了什么。那废料斗就放在了工作室的后面，是一个深蓝色金属制成的巨大的长方形盒子，它的顶上是两块接在一起的斜板，一侧长边上有三个双开的舱门。

"一个叫艾尔莎·霍尔德的人订的。"我听到那男人对爸爸说。我想他还不知道我们已经把奶奶给杀了。然后那卡车就开走了，没有带走废料斗，司机还向我招了招手。那之后很长时间，我都没再见过外面的人。

亲爱的莉芙：

我不知道我们对外宣称你死了这件事做得对还是不对，可我们太害怕了，害怕失去你。我们对你奶奶做的事情是很糟糕，但她想对我们做的事情更糟糕。

我们别无选择。

我选择相信我们真的是别无选择。

爱你的，妈妈

杀死她

在内心深处,杨斯·霍尔德大概也知道,他的母亲只是为他们好,她的提议也是关心和爱的表达。他甚至可能也明白,她的担心不是没有理由的。然而,他无法说服自己相信那提议不是一个威胁,不再预示着另一场猩红炽热的灾难。

那天晚上,他和妻子玛莉亚一起躺在床上时,玛莉亚哭了。自那次意外之后,他还从来没见过她哭得这样伤心。毕竟上次事故发生时,他的母亲还和他们在一起。

"你得把她送走。"她边哭边说。她的身体里,一个新的生命正在成长。又一个小生命。他们的另一个孩子正睡在走廊尽头她的小卧室里,天真无辜。她的匕首就放在自己的肚子上。她只有一个人。

就是在那一刻,杨斯身体里仿佛有什么东西突然折断了。那是把他和母亲联系在一起的最后一根线,一根脐带。

他紧紧握着玛莉亚的手,说:"嗯,我会送走她的。"他抬头望向头顶的那一片漆黑,又轻声补了一句,"送到很远很远的地方。没有别的办法了。"

她是他们唯一能够忍受从自己的生活里消失的人。"我会在圣诞节前搞定的。"

▲

他的妻子听到了他的最后一句话。她也完全明白他的意思。她知道她应该反对,但她并没有。

杨斯从床上站起来,俯下身亲吻了玛莉亚,然后穿好衣服,离开了卧室。

很快,她听到了他在工作室忙活的声音。

▲

躺在"白色房间"里的艾尔莎·霍尔德也听到了。和往常不太一样,她还没有睡着。

她断定杨斯一定是要赶最后的时间做完圣诞礼物,可即使是这样,他午夜爬起来工作也很奇怪。不过话又说回来,这些天来,她这个小儿子不管再做什么,已经很难再让她震惊了。他和他的小家庭似乎活在他们自己的世界,在这个世界里,一切都是一团乱麻。艾尔莎自己就比任何人都更了解孤立是一种什么样的感觉,以及那感觉会如何毁掉你的精神,但这……这太严重了。

她不禁感到有点内疚。当然,不是为所有的事情。但她依然内疚。虽然这使她伤心欲绝,但她不再有任何迟疑——她知道自己必须把莉芙从命运的旋涡里拯救出来。这小女孩似乎已经好多年没看过医生了，因为她的父母"不喜欢医生之类的家伙"，艾尔莎还怀疑这孩子从来没和别的孩子一起玩过，甚至从来没和别的孩子说过话。玛莉亚说她要在家自己教女儿学习——她自己的确在这方面很有天赋，却不太可能真有能力去教一个孩子。莉芙一定特别希望能走出这里，出去见见其他人——那些不是守在这里自虐、不会把自己的家变成垃圾场的人。这可怜的女孩的生活实在太不正常了。

此外她夜晚还要出门，这也让艾尔莎很担心。更不用说还有那个卡尔的问题了。说真的，这件事最后说不定会需要警方的介入，成为一桩悲剧。如果事情真的那样发展，她只能希望他们不要问关于那场事故的问题，不要揭开这块旧伤疤。那是他们所有人最不希望看到的。

必须扔掉些东西了。艾尔莎开始采取行动。她的第一步是付钱订购了一个大废料斗，新年过后货就可以送到了。杨斯对此还丝毫没有察觉。一天，他们商量好，由他开车送她去了邮局，晚些时候再去接她回来。在邮局工作人员的帮助下，艾尔莎找到了一家卖大废料斗的公司，从邮局给他们打去了电话，紧接着给他们寄去了支票。那很贵，但艾尔莎觉得非常有必要。她知道那张支票不会被退回，因为她那位向来乐于助人的表姐坚持要资助她可能无法预料的开支。艾尔莎确信，只要能和凯伦联系上，她一定会理解她买废料斗的理由的。但凯伦一直不接电话，艾尔莎开始有些担心了。她希望没有发生什么不好的事情。

背着杨斯买废料斗这件事让艾尔莎的心里也多多少少有些不舒服，她明白他们会认为这是对他们生活的严重干涉。但她想，一旦废料斗到货,自然也就代表了一个机会,一个开始打扫清理、把新鲜空气带入这房子的机会。这或许是她帮助儿子从这混乱的状态中走出来的唯一办法。

艾尔莎最希望的就是留在这里,帮助他们走出来,不管需要花多久的时间。但她很怀疑他们会不会给她机会。她听天由命地想,也许她不在这里干涉他们反而会更好。

不过,当事关莉芙,她就不能那么被动了。艾尔莎决定在新年到来之前联系政府机构。不过现在,他们还是先尽情享受圣诞节吧。

当她终于摆脱纷乱的思绪进入梦乡时,工作室里还在不断地传来锯子和锤子的声音,与她做伴。

圣诞前夜之前的那一晚,他们吃晚饭时全都一言不发。艾尔莎坚持要去购物和做饭,她隐约有种感觉,她之所以得到允许这么做,仅仅是因为杨斯一直紧咬着牙关,除了点头,没法给出任何其他的回答。

艾尔莎一整天都在试图吸引儿子的注意,可杨斯早晨给自己弄了杯咖啡,喝完之后便离她远远的。玛莉亚也一样。她宛如一只牡蛎合上了自己的壳,下楼的时候甚至连一句"早上好"都没说。但那双又红又肿的眼睛足以说明她昨晚没睡好。白天,艾尔莎听见她在房子里逛来逛去,还看到她在牲口棚里吃力地走来走去,可她一刻也没有进过厨房。这或许也没什么吧,毕竟厨房里空间那么小,也没法同时容下她们两个人。莉芙倒是一直进进出出,可就连她似乎也不知道自己该做些什么。一次,艾尔莎眼看着她背着弓箭消失在森林里,好几小时过去了都还没有回来。

这让艾尔莎想起过去，想起她曾经站在同一间厨房里，看着她的儿子们消失在同一片森林里的情形。在那些日子里，莫恩斯总是第一个回来，他总会很有主意地走向工作室，因为脑子里早已想好了些新点子。杨斯则会在外面待很长时间，总让她担心。好不容易等到他回来了，她问他在外面做了些什么，他的回答通常只是自己和树们在一起。塞拉斯倒是从来没有担心过他。

他们晚饭吃的是烘肉卷。杨斯从小就爱吃妈妈做的烘肉卷，所以艾尔莎怀抱着一丝微弱的希望，希望他能从食物中感到母亲的关心。

如果他真的有所体会，那他隐藏得也太好了。他吃了这烘肉卷，但很显然，与其说这是出于愉快，倒不如说是因为饥饿，或者习惯。艾尔莎甚至不确定他到底有没有注意到自己在吃什么，因为大部分时间他的眼睛都紧盯着桌子，连自己的叉子都没看一眼。他似乎一夜之间变老了很多。

没人有兴趣去碰桌上的那瓶红酒。

玛莉亚也吃了晚餐，却也和平常一样一句话也不说。莉芙疑心重重地在烘肉卷上戳来戳去，把里面的胡萝卜、韭菜和洋葱挑出来，在盘子上排成一小堆一小堆，弄得大半的烘肉卷都掉在了桌布上，玛莉亚却也不闻不问。

艾尔莎本想责备女孩几句，可她突然意识到，要是真这么说出口，这可能也就成了今天的晚餐桌上仅有的几句话。于是她改了主意。"你期待圣诞节吗，莉芙？"她问她的孙女。

莉芙从面前一片狼藉的盘子里抬起头来，边笑边点头，看起来就像是个期待圣诞节的孩子。噢，谢天谢地，终于有了一丝正常生活的影子——艾尔莎想。她也给了莉芙一个笑容。

艾尔莎主动承担了收拾桌子和洗碗的工作，没有人反对。看起来原本大家就都指望着她会干。几秒钟后，杨斯和玛莉亚就分别回到了工作室和卧室，莉芙则在客厅里玩。艾尔莎听到那孩子自己在和自己对话。

回到自己房间之前，她坐在餐桌上喝了一杯红酒。碗碟她都已经洗好了，可这个厨房永远也无法打扫干净。黑暗渗透了所有的角落。

她哭了起来。屋外传来了猫头鹰的叫声。

▲

杨斯告诉女儿黑暗会吞噬所有的痛苦时，他也并不是完全在瞎说。他自己在黑暗中就觉得更舒服——当黑暗笼罩了他，将他包裹在自己温暖的怀抱中的时候。在记忆的某处，他能感觉到棺材里父亲的胳膊，脖子上掠过他温暖的呼吸，还有新刨过的木头的味道。那是理解，是信任，是安全。

即使在黑暗中，杨斯对他们卧室里所有东西的位置也一清二楚。他不想吵醒玛莉亚，所以轻手轻脚地下了床，虽然没有开灯，但是他也没有踩到那堆书，更没有撞上从卧室床边堆到门口的缝纫机或是空的水族箱，没有碰到任何一个空箱子。出了卧室，他沿着走廊轻轻地走，下了楼，穿过门厅，从前门走出房子。

工作室斜斜地横在他面前，仿佛黎明时分物体投射出的一个长方形阴影。他母亲睡觉的"白色房间"就在对角的那一头。这一刻，他脑海中闪过很多念头，却从来没有想过，"白色房间"这个名字真是越来越误导人。

一阵冷风从森林里吹来，还带来了几片雪花，仿佛某种不祥的预兆一闪而过——看来今年要过一个白色圣诞节了。"白色房间"的门上挂着的云杉树枝装饰被风吹下来一小块，杨斯正好踩到了，他倒吸了一口凉气，有点吃惊。他可不习惯在这个位置的地面上有东西。他的腋下夹着准备用来闷死母亲的那个枕头。

门并没有锁。住在这岬角上，艾尔莎和塞拉斯从来都懒得锁门，杨斯也不知道她住在城里的时候会不会锁门。那里有那么多人呢，说不定会有人突然出现，做点什么，或者拿走点什么。

他总是会锁门的。

他能听到床上传来响亮的鼾声。杨斯对这声音再熟悉不过了，他觉得这既像是安慰，也像是驱赶。而此刻，它对他大有帮助，既像是指路的灯塔，又能让他确信母亲确实在熟睡。他小心翼翼地走进去，轻轻关上门。他一动不动地在那儿站了几分钟，听着她的鼾声，让自己的眼睛慢慢适应屋里的黑暗。慢慢地，轮廓开始在他面前浮现出来，包括他的女儿悄无声息地从床的另一边爬起来的轮廓。

"莉芙？"他压低声音问，"你在这里干什么？"

莉芙迈着猫一般轻盈无声的步子走到父亲面前，杨斯跪了下来，这样他们就能面对面了。

"我在为我下次晚上出门行动做准备呀，"她也压低声音说，这声音里却满怀激情，"我现在可厉害了，爸爸。你看看她包里的东西！她包里有好多东西。"

说完,她把手放到父亲的膝盖上,问:"你又在这里做什么呢?"她看着枕头,满脸困惑,"你要睡在这里吗?"

"不。可是我……"杨斯犹豫了一会儿。赶她走好像不太合适。他有种说不清道不明的感觉,好像她就应该在这里。她习惯了什么事都要参与。

"莉芙,你还记不记得,杀死那头老牡鹿是件多么正确的事情?"

她使劲点了点头。

"在现在这个时候,杀死你的奶奶也是一件正确的事情。"

杨斯仔细观察着女儿的脸。她急切点着头的小脑袋倏忽间僵住,他能看到她眼里闪动的泪光。

她终于说:"嗯。"低低的声音里带着一种沉思的意味,这是以前从未有过的。那已经不是纯粹孩子气的语气,倒是有些像成年人对事物的解读。"但是为什么呢?"

"她已经度过了漫长美好的一生,已经准备好进入下个阶段了。"

"嗯,可是……我是说,她是你的妈妈。她有一天也这么跟我说了,可你说她说得不对。"

"嗯。"

"杀死妈妈没问题吗?"

"莉芙,如果我不这么做,她会把你从我们身边带走,这样你就不能再住在这里了。我和你妈妈可不能接受这个……你呢?"

莉芙坚定地摇了摇头。房间里的床上,那深沉的鼾声还在响着,很有规律,让人安心。

她把手放到父亲的肩膀上,凑近他的脸,对着他的耳朵轻声说:

"那我想你最好还是杀吧。"

杨斯伸出双手搂住女儿,轻轻吻了一下她的脸颊,在她耳边轻声说:"好,亲爱的。我会下手很快的,她一点感觉都不会有。"

"再说了,现在很黑。"

杨斯点点头,松开抱住女儿的手,慢慢站起来。

"可是,爸爸,"莉芙拉住他的胳膊,低声问道,"你准备怎么做?"

一阵沉默。是彻底的沉默,因为艾尔莎·霍尔德的鼾声忽然停了下来。此刻,他们能听到雪花如柔软的水晶打在墙面上的微弱声音。

他们听到她动了动,拉好被子,发出一声叹息。他们无法判断她是睡着还是醒着。

他们等待着。

终于,她的呼吸又变得沉重起来,最后,终于又和往常一样沉重了。

杨斯终于回答了他女儿的问题。

"我会用这个。"他坚定地抓着那个枕头。他又看了莉芙一眼。现在,他在黑暗中也能将她看得清清楚楚了,而他发现,她能把他看得更清楚。她的夜视能力让人惊叹。"你离开是不是好一点?"

"不,我想留在这里。"她毫不迟疑地做出回答。

莉芙是个意志坚强的孩子。

杨斯心中弥漫出一股奇异的喜悦。他是希望她留在这儿的,这个小小的灵魂总能让他感到在这个世界上不那么孤独。他真高兴他们能一起完成这一切,就像他们分享其他的一切那样。

"那就去那边站着吧,"他低声说,朝着床的远端点头示意了一下,"别离得太近。她可能会弹动一下。"

"就像比目鱼吗?"

"嗯，就像比目鱼。"

艾尔莎·霍尔德仰面躺着，双手交叠放在羽绒被上，像是在祈祷。她甚至仿佛是听到了他们的对话，想让儿子做这件事更容易一些。

事情很快就解决了。

在这个时候，她的孙女在黑暗中握住了一只看不见的手。

一直到后来你告诉我,我才知道你当时也在。你不应该在那里的。我想,要是我知道你在那儿,我会阻止他。

但话又说回来,这件事非做不可。这是我们唯一的出路。

莉芙,我想让你知道的是,尽管你目睹了这一切,你也绝对不是帮凶。但我是。我唯一的愿望就是能够安安静静不被打扰。我知道他的计划,但我没有阻止他。驱使他去做这件事的,主要是我的愿望。他不是杀人犯,莉芙。

新来的

    科尔斯特德的酒馆就在主路上,往北面出城的方向,过了肉铺和葬仪店之后就是。这间酒馆并不大,但自从南边那家酒馆变成了乡村商店之后,它就成了岛上唯一的一家。在冬天,酒馆里通常都是空荡荡的,但忠实的老顾客们让它还能经营下去。岛上的居民可不想丢失他们当地的传统。酒馆不光菜做得很有特色,还发挥着不少其他的作用:这里是岛上这片地方唯一的社交中心;如果你是家里还没有装电话的那种人,你还可以骑单车来这里用电话;更重要的是,人们会来到这里,聊聊那些私下传播的八卦,或是看后面房间的彩色电视。特别是在周六有赌球活动的时候。每当英超联赛中有球队进球,酒馆老板为此摇起铃铛,便是客人们再来一杯的时候。

    酒馆把当地人聚在一起,正如半根木头把红砖都穿在一起,包括已经裂开的那些。至于那茅草屋顶,大家认为一定还能用个二十年。那可是不错的稻草。但老板肯定得把北边的青苔给清理清理,不然潮气可就要进到屋子里来了。

罗阿尔德在他的叔叔突然心脏病去世之后接管了酒馆。这件事对他来说简直是天赐良机。他在自己主岛的那间公寓厨房的餐桌上展开了婶婶的那封来信,那让他意识到,过去几年一直困扰着他的问题终于可以解决了。她在恳求他,却并没有指望他能答应。她说:"在卖掉酒馆之前,我得先问问你的意见,罗阿尔德。"

这就是一个敢与不敢的问题:采取行动,振作起来,辞掉工作,收拾行囊,开车去港口,坐上渡船,开始新生活。他离了婚,和前妻没有孩子,不存在抚养权的问题。这很遗憾。要是他的精子更合作些,他今天可能就已经有了孩子,妻子也不会离开他。

现在,他的前妻已经是两个小天使的母亲,其中一个孩子头发长长的,是演唱着关于爱与世界和平的伤感歌曲的祖国花朵。她很幸福,这幸福让罗阿尔德很恼火。罗阿尔德真是恨自己居然会恨她。

作为反抗,罗阿尔德决心寄情于工作。不算多么快乐,但这样做有一个非常明显的好处:有助于他打发时间。事实上,他的时间全都花在了备课、批改作业、参加教职工会议,以及诸如校长的新居、同事间的绯闻这类无聊的八卦上。

渐渐地,他的伤口上开始长出了一块小痂。

只要能再有多一点点的空气,这块痂就会变硬,最后脱落。他很确信这一点。也正是这个想法让他心中躁动不止——他需要空气。怎样的空气都好,只要不是教职工休息室的空气,或者是这镇上任何一个地方的空气。这里的空气里弥漫着烟雾,学校的琐碎工作将他摁在地上摩擦,摁进那沥青路面里去。他只能气喘吁吁地把自己拉起来，拉到他那位于三层楼的公寓里去，心中装满罪恶感。那罪恶感来自手中购物袋里装着的威士忌与香烟，来自他居然没有精力把任何一个女孩子邀请回家，脱下她们的衣服。他后悔自己从未慢慢享受过的时间，遗憾自己从未来得及烹饪的美食，没有读过的好书，还有那些自己都已忘记的梦想。他的生活里好像什么也没有。

只有一个答案。

在码头买船票的时候，罗阿尔德说他只买单程，那个白胡子的船员把他从头到尾仔细打量了一番。船夫的目光还落在他的车里：那里面堆满了袋子，有一株盆栽、几本书、一个梯子形书架，上面没有放书的地方木头已经开裂泛黄。副驾驶座位上放着一个盒子，里面有一台收音机和一堆磁带。这辆车的司机是该算作迷失方向的小镇人，还是即将成为岛民呢？

船员并没有表露出什么，他只是接过罗阿尔德从车窗里递出来的钱，塞进自己腰间的钱袋，然后一只手指了指后面的露天甲板，另一只手挥了挥，指示下一辆车往前开。新任酒馆老板开车上了船，生满铁锈的金属坡道在他的西姆卡牌轿车的轮胎下嘎吱作响。

在一条孤独的乡间小路上，庄稼长得一眼望不到头。罗阿尔德在这里停下车，走了出来。岛上温暖的空气击中了他，仿佛是天空在那一刻滑进了他的肺里，让它们膨胀了起来。很快，自然的芬芳充斥了他的鼻子，那香气中氤氲着最强烈的回忆，在乡间小路上骑自行车、母牛、在岸边打水漂的大人、在夕阳下吃刚捕上来的鱼……种种往事碎片如羽毛般轻盈，拂过他的脑海。

他仰面躺在一片大麦与发光的罂粟花的海洋中，享受这一切。突然，一只云雀的歌声充满了整个世界。他好不容易才看到了那只鸟，一个闪烁的小点高悬在蓝色的天空里，是它带动了整片天空。

酒馆的老主顾们在好几年之后终于习惯了他。

酒馆重新开始营业的时候他们都到了场，婶婶对他热情的介绍显然起了很大的作用。很明显，大家都喜欢她。同样很明显，当地人对她即将搬去内陆和家人一起生活感到很难过。但她的孙子辈们是她更大的牵挂，她的风湿病也把她折磨得不轻。再说她思念奥卢夫。人们能够理解。

不过，他们并不理解罗阿尔德为什么是一个人来的。岛上的人不会离婚。只要能让事情简单点，并且房子足够大，就这么撑下去，睡在不同的卧室里就好了。岛上的人从来不会公开讨论自己的私人问题，尤其是和不熟的人。任何关于私事的谈话都只会发生在彼此信任的朋友之间，即使你要坦白什么，也只会说上十分有限的几句话，透露一点点信息。

出于同样的原因，罗阿尔德一到岛上就介绍自己是个离了婚的大学预科学院老师，还坦率地聊到自己的开放式婚姻不怎么成功，大概不算是个明智的举动。或许他也不应该透露他希望有朝一日能写一本小说，还有说他自己喜欢裸泳。但在当时，他以为第一天就坦白说出来自己是个什么样的人是好事，因为这样大家就知道该如何和他打交道。换作是在今天，他大概就不会说太多了。

尽管如此,当地人还是给了他一个机会。这主要是因为他们也没有其他聚会的去处。而随着时间过去,他们也开始接受他。他甚至怀疑其中几个人对他怀有相当的同情。这是相互的。

不可否认,在他上任的第一天晚上,他做得最明智的一件事,就是向大家保证一切都会照旧,厨师会留下,菜单上连标点符号也不会动几个。不过,坦率地说,要是菜单上的标点符号能改正确,再把酒单上"牛爹利蓝带"更正成"马爹利蓝带",就更好了。但不管拼写多么糟糕,这里的菜的确很好吃,厨师也是个好人,他说话不多,却很容易把人逗笑。他原来是罗阿尔德的远方表亲,但一直到第二年他自己提起,罗阿尔德才知道这件事。

▲

酒馆里常有人进来偷东西,罗阿尔德无法搞明白这到底是从他搬来才开始的,还是奥卢夫在的时候就已经这样了。

他在电话里小心而含蓄地问了自己的婶婶,她回答说奥卢夫在的时候从来没有提到过有人闯入的事,只是有时对储藏室的食物消耗得那么快感到很奇怪。她听起来对这个问题有点焦虑,但罗阿尔德很快就把这当成了无关紧要的事情,迅速带过,对她说了葬仪店老板痛风的事,分散了她的注意力。

但罗阿尔德还在思考着这件事。有一天他发现了小偷是怎么进来的,只是这反而让事情显得更奇怪了。

亲爱的莉芙：

  我还在书店里度过我的童年的时候，我有一个假想的朋友叫约翰·斯坦贝克。我父母太忙顾不上我的时候，或者当我在学校感到难过的时候，他就会陪着我。整个上学期间，我只被赶出过教室一次，是因为约翰·斯坦贝克在我的英语老师提问的时候突然从她的两腿之间伸出了头。她的问题是关于《人鼠之间》(Of Mice and Men)[①]的，这本书你一定要读。那场景让我实在没忍住笑了出来，而一旦笑了出来，我就再也停不下来了。我的英语老师气得要命，因为我一直盯着她的腿。现在我躺在这里，那场景依然能让我发笑。

  从那天开始，我的同学们更喜欢取笑我了，但他们从来没能发现我的秘密，我想这大概让他们很受挫吧。

  我从来没有告诉过任何人我这个看不见的朋友的事，但我觉得我可以告诉你。

爱你的，妈妈

[①] 美国作家约翰·斯坦贝克的中篇小说。

卡尔和游戏

我晚上出去的时候，卡尔总是和我一起。现在爸爸不能和我一起去了，有个人做做伴总是好的。他说，他必须待在家里，照看房子、家里的东西，还有妈妈，所以现在轮到我来负责处理其他的事情了。我没有告诉他我带上了卡尔，毕竟我原本是应该自己一个人去的。

卡尔和我完全不一样。或者说，是我不想成为的样子。比如，他会害怕。他害怕那些不是住在岬角上的人，害怕不能给爸爸找回足够的杂物、给妈妈找回足够的食物，害怕发出噪声，害怕被抓住，害怕在白天出门，害怕藏身在黑暗中的一切。还有，害怕承认他害怕。他只会告诉我。

他还会伤心，会愤怒。

他可能会对妈妈发脾气，比如，当她吃得太多、动得太少、长得太胖，以至于我们都怀疑地板是不是足够结实，能不能承受得住她身体的重量。毕竟，楼上的卧室里原本就有那么多东西了，还要再加上一个妈妈。奶奶死后不久,爸爸就开始在"白色房间"睡了,好把双人床上更多的空间留给妈妈,因为她所有的时间都在那里度过。我真不明白她是怎么会变得这么胖的。没错,她是吃得很多,可也没有那么多呀,而且她也并没有一直吃蛋糕之类的东西。有时候她可能只是吃我带回来的一条白面包和酒馆做的小牛排,还有奶酪、火腿、土豆、胡萝卜和在回家的路上解冻的冷冻豌豆。

就好像食物在她体内生长一样。可尽管这样,她还会向我们要更多的食物。就是这一点让卡尔很受不了。但他也会感到难过,因为我们的妈妈真是我们能想象到的最好的妈妈,她曾经是世界上最美丽的女人,至少是这岛上最美丽的女人。而现在,所有的一切都将要消失在她肥胖的脂肪下,她的眼睛也不再像爸爸画的那样熠熠发光。我想,她的美丽和她的光芒,连同所有的语言,都被困在她的肚子里,等待着释放。可你总不能切开你妈妈的肚子呀,对吧?

我和卡尔会讨论这件事。为什么你不能挖个洞,把所有不需要的部分给切掉,好让她从被压迫在她身上的一切中解脱出来,重新成为原来的她呢?但我们不确定你是不是可以切开一个活着的人,而不让她死去。让她死去是我们最不希望看到的事情了。我们也不想弄疼她。

有一天我几乎就要成功说服卡尔去问爸爸这件事了,但他不敢。我想,反正爸爸肯定也不会听到的。他从来都听不见卡尔说的话。

实话告诉你吧,我知道爸爸看不见他。只有我可以。

我能感觉到,卡尔有点生气,因为在他小的时候,他们没能照顾好他。虽然我大部分时候都可以看到他、听到他说话,还可以和他一起玩，我还是觉得少了点什么。至少，他要是能帮我拿东西就好了，我们晚上走路回家的时候我的包常常会很重。

我们最喜欢的地方就是那家酒馆了。我和卡尔通常在到过那里之后，就不用再继续往前了，因为那里几乎有我们需要的一切。爸爸警告过我不要去得太过频繁——毕竟，我可不希望自己被抓，不是吗？

以前，他自己也经常去那儿。但自从他们开始反锁后门，他就不太容易进去了。不过，地下室的窗户晚上总是开着条缝，那里正对着酒馆后厨。那条缝对爸爸来说太窄了，我却刚好可以通过。经过一段时间的练习，我已经可以非常熟练地松开窗户的搭扣，拉开一条足够我通过的缝隙，钻进里面。通常是先伸脚，踩在暖气片上，再从暖气片悄无声息地跳到地板上。窗户下面是一条小走廊，你可以沿着它一路走到储藏室，或是上几级台阶进厨房。

我总是随身带着最小的那个手电筒，但用起来还是一万个小心，尤其是在厨房的时候，因为外面的路上可以看到厨房的一扇窗户。最好的办法是等到眼睛适应黑暗，就像一只猫头鹰。我的眼睛已经锻炼出了很好的夜视能力，我在夜里看得非常清楚。

我会从储藏室拿各种各样的东西，主要是罐头和卫生纸，偶尔也从大冰柜里拿一些吃的。冰柜里如果有甜品我肯定会拿，因为妈妈爱吃。我通常会挑一些小包的甜食，比如甘草彩虹糖或是小熊软糖，我想这些不会让她长胖的。我还会很努力地弄些饼干带回家，因为和妈妈一起在床上吃饼干，是一件很特别的事情。我们总是在吃之前把它们揉碎，摇一摇。她说："这样就没有那么多卡路里了。"这话总能让我们发笑。

不过，老实说，我从来都没有真正明白她的意思。我从来没见过有卡路里掉在被子上、书上或是其他地方。但尽管这样，我还是每次都会揉碎再摇一摇我的饼干。现在我也还是会这样。这样吃起来更好吃。

我每次都会记得往酒馆厨房的冰箱里瞄一眼，每次我都能看到包着锡纸的烤盘里做好的食物。有时候我会把它们拿出来，在手里捧上好一会儿，呼吸着食物的味道。有时候，我可能也会尝一点儿，甚至往包里倒上几盘。但我都会非常小心，不能让冰箱门开得太久。这是爸爸说的。他说冰箱里面有灯，可能会有外面的人从窗户看到我。这里没有窗帘。

一想到可能会让我暴露身份的灯光和噪声，我就害怕。黑暗和寂静是我的朋友。

我从来都不会一次拿太多东西，这是这个游戏的精髓所在。如果违反这一条，我很有可能被抓，而那是最坏的结果。不单单是因为一旦我被抓住了，这游戏就会结束，还因为我不知道他们抓到我后会怎么做，那些陌生人。

刚开始的时候，我以为这个游戏只是为了好玩，但后来我意识到，我们玩这个游戏是为了生存，而被抓的后果是我们无法承受的。后来我才发现，这个游戏真是非常严肃。爸爸说起过他们，其他人。他说他们也会参与到这个游戏中来，但却不干什么好事儿。那些陌生人希望抓到我们，这样他们就可以对我们做糟糕的事了。我和卡尔都希望他从来没有告诉过我们，因为当我们独自出门的时候，真是很难不去想呀。

一想到这个,卡尔的心就跳得厉害。我都能感觉到。

有一天,我问爸爸我们能不能别再玩这个游戏了,他的回答让我永远也忘不了。他说:"可如果停下来的话,你妈妈就会饿死,而我就会很伤心。"

他说这话时,看我的眼神很奇怪。

就是在那个时候,我终于发现他的脸到底是怎么回事了。他的胡子长得太长了。以前,我觉得他的胡子就像殡仪馆刚刚修剪过的落叶松。那时候他的胡子又好看又软软的很好摸。可现在,爸爸的胡子看起来更像是一堆小树枝。它又干,又黑,又白,里面还藏着一些碎木屑和蜘蛛网。我甚至发现胡子里有什么东西在动——有可能是被困在蜘蛛网里的动物,也可能只是他自己的嘴在翕动。他的头发也长得很长很长很奇怪,眉毛也是十分浓密,看起来有点吓人。

但最奇怪、最糟糕的,还是两条浓密的眉毛下直勾勾盯着我的那双眼睛。它们完全没有焦点。这双曾经是我见过的最善良的眼睛,现在被一层乳白色的东西挡住了。我仿佛再也无法从中看到爸爸了。

也是在那一天,我才真正意识到了自己肩上的责任,明白我带回家的东西有多么重要。那一天我长大了,但身体还要保持瘦小,因为我还得从酒馆地下室的窗户爬进去。

每一次进酒馆厨房,我都会四处寻找爸爸可能会喜欢的东西。抽屉里有各种各样的东西,我总能找到点适合爸爸的。可能是茶巾,可能是一个汤勺,一卷保鲜膜,或是一个鸡蛋切片器。不是所有的东西我都认识,但如果我喜欢一样东西的样子和摸上去的感觉,我就知道爸爸肯定也会喜欢。

我找到过最奇怪的东西，是在一间度假小屋的床下发现的一根长长的东西。那里面装着电池，但你不用把电池拿出来，压在自己的舌头上，才让它振动。你只需要把舌头贴上去，按下按钮，整个东西就会振动起来了。爸爸说那是厨房用品，是用来做蛋酒的，但我试了一下，结果让我失望透顶。

我时不时地会在酒馆拿些锅碗瓢盆偷偷塞进包里。爸爸说我得特别小心才行，最好只拿那些即使丢了也没人会注意的东西，或者至少不会马上有人注意到的东西。但有一次，当我带回家半截折叠单车的时候，爸爸却无法掩饰他的兴奋，还请求我赶紧去把另一半也给找回来。

我照做了。在发现了单车使爸爸那么开心之后，我就开始寻找更多单车，各种各样的单车。这件事很容易，因为我不用钻进别人的家里面就能拿到它了。单车通常都被放在容易拿的地方，如果还没上锁，那简直就是小菜一碟。卡尔不怎么喜欢骑单车，所以我沿着小岛的"颈部"把它们推回家。这都是为了他。

但我有点开心过头了。在所有那些事之前，在妈妈胖得出不了卧室之前，在爸爸晚上留在岬角照顾家里的东西之前，在我发现他胡子上的蜘蛛网之前。在所有那些事之前，还发生了其他事。

比如，我有了一个妹妹。

新生与死亡

　　新年过后没多久，玛莉亚和杨斯·霍尔德报案说女儿失踪了。不幸的是，他们有充分的理由相信，她应该是不小心淹死了。杨斯·霍尔德亲自去见了科尔斯特德的警察，告诉他到底发生了什么，或者更确切地说，他认为发生了什么。

　　前一天，莉芙一个人出去玩了。这没什么不寻常的，她已经习惯了在田野中和周围的森林里玩耍，从来没让父母担心过。然而，昨天下午她没像往常一样回家。天快黑的时候，杨斯找遍了岬角上所有的地方，也没有看到她。他向警官保证，莉芙绝对不会独自离开岬角。他担心莉芙是在森林里摔伤了，所以直到找遍了所有可能的地方，确定没有她的踪影之后，才开车来到主岛报案。他的妻子玛莉亚也找过了，当然，她主要负责的是家里和附近。

　　杨斯·霍尔德说，他逐渐扩大了搜索范围，最后甚至还去了北沙滩，尽管他不觉得莉芙会一个人去那里，因为她非常清楚什么事可以干，什么事不能干。

可是，有迹象表明她确实是到过那里。杨斯·霍尔德在黑暗中巡视海岸线时，莉芙心爱的皮革腕带出现在他手电筒照到的范围里。它就那么躺在那里，一半埋在了沙子中，前面就是他们的小木船停泊的小码头，或者说，他们的木船本应停泊着的小码头。杨斯·霍尔德万万没有想到，莉芙会走这么远的路，来到这片荒无人烟的海滩，甚至还敢独自驾船出海。但他也不得不承认，她是个固执的小姑娘。她一旦下定决心要做什么事，要想让她改变主意，大概就非得借助超自然的力量才行。那天早些时候，她缠着他要去出海，但他拒绝了。毕竟她还是个小女孩，一月里出海太冷了。

但现在看来，她大概是自己掌握了主动权。而不幸的是，她选择这么做的那一天，正好刮起了西风。

杨斯·霍尔德讲述着他搜寻海岸线的过程时，警官感受到了这位父亲的恐惧。他想象着汹涌的海浪拍打着岸边，仿若黑暗中一次次灰白色的爆炸。他也有一个和莉芙差不多年纪的女儿。他昨晚也出了门，也听到了风是怎样刮过镇上的主街，看到冰冷的月亮时不时从飞速飘过的云里露出头来。想象一下一个孩子孤独地漂在这月色下的大海中的情景吧——你自己的孩子……

他打量着杨斯·霍尔德，他已经好几年没怎么见到过他了。在很久以前，他们曾经坐在同一间小教室里，但自从杨斯的父亲突然去世，杨斯显然就做不到再按时来上学了，从某一天开始，他就干脆再也没有在学校出现过。那之后，学校搬到了更好的新校区，教师队伍也扩大了。现在，警官自己的女儿也到了快上学的年纪。

他只是偶然见过几次杨斯·霍尔德的小女儿，和她的父亲一起坐在那辆皮卡车里。他还一直以为那是个小男孩。这让他不由得想，她在岬角上该是过着怎么样的一种与世隔绝的生活。也是因为这个，他还曾考虑过带着自己的女儿去那里打个招呼，看看他们过得怎么样。岛上的居民非常重视个人隐私，而大家都知道，霍尔德一家并不欢迎客人到访。可尽管这样，他们还是有了孩子。从皮卡车里那个女孩的体形来看，他推断她会和自己的孩子一起上学。

但这已经不可能了。

杨斯·霍尔德告诉警官，他最后在海岸的更远处找到了那艘小船。在那里，小岛与大海相连，有大圆石，还有一条陡峭的斜坡通往森林。看到空空的小船卡在两块圆石里，他的心都碎了。船显然是被海浪向东冲到这一带来的，船尾泡在水里，桨在不远处，它曾被波涛吞进了黑暗中，又如一支长矛被抛回了岸边。至少在警官的想象中，画面是这样的。大家都知道，那个地方风高浪急，十分危险。

霍尔德设法把小船从石头里弄了出来，可才刚拉出来，就又被浪拉了回去。他说，他一遍又一遍地呼喊着自己的女儿，用他的强光手电筒照遍了海岸线上的每一寸地方。可是，他没能在任何一个地方看到哪怕一点点脚印，给他一点微薄的希望，希望有个孩子曾经从这里爬上海滩。

他找了整整一个晚上，一直找到太阳升起，可除了一只被冲上海岸的熟悉的兔皮手套，什么也没有找到。警官的脑海中又一次浮现出当时的画面，他想象着那只手套是如何出现在水边，黑乎乎，却又油亮亮，像只淹死的动物。杨斯·霍尔德明白过来这意味着什么的时候，他的心一定是在绝望的黑洞中挣扎盘旋。

最后，这位绝望的父亲终于放弃了寻找，带着这可怕的消息回到妻子身边。现在，他站在警官面前，穿着一件旧大衣，裹着羊毛围巾，戴着一顶破旧的帽子，看起来像是从另一个时代穿越来的东西。他面容凹陷而苍白，近年来留起的大胡子让他看上去比实际年龄要老得多。这不仅仅是因为他的胡子和头发在这个冬天里全都变得花白了。圣诞节后，警官偶然遇到霍尔德的时候就发现了这一点。村里的商店里甚至都有人谈论这件事，谈论杨斯·霍尔德怎么突然就白了头发。

现在又出了这样的事。

他那只过早衰老的手中，抓着一根小小的皮革腕带。

"我们得派一队人马出去找她，"警官用一种连他自己都感到陌生的声音说，"我马上与内陆那边联系，或许他们能派一架直升机过来。"

从面前那张痛苦的脸上，他能看出来，他的话并没有给这个男人带来任何希望。

"我了解我的女儿，"杨斯·霍尔德说，"要是她还活着，我会知道的。"

这个男人非常确信他已经失去了自己唯一的孩子。他不是来报失踪案的，他是来报告她的死亡的。

警官意识到了这一点，他感到一种强烈的绝望，仿佛他就是那位悲痛欲绝的父亲。他努力不让自己失态，想要平静下来扮演好自己应有的角色。可是他不管说什么、做什么，感觉都不对。为了表达真诚的同情，他甚至还不小心微笑了一下。这真是太不合时宜了。那是个迷途的微笑，根本不属于这样一个时刻，必须马上消失，在这个男人和发生在他身上的悲剧面前，它太不应该存在了。

但杨斯·霍尔德看到了。

"你妈妈还和你们在一起吗，杨斯？我圣诞节前在镇上看到她了。"警官问。他脸上的那个笑容已经被拖进了泥泞的黑暗中，仿佛一只小鹿被流沙吞没。他那向来平稳的手颤抖着在记事本上写下几行字："可能已溺水致死。地点：北沙滩。"他用另一只手扶住自己颤抖的下巴。

"没有，她回去了。新年前回去的。"

警方派出了一架直升机。人们沿着海岸线和森林，在"颈部"和岬角的北部四处搜寻。

与此同时，莉芙·霍尔德却安静如老鼠地坐在父亲的工作室后面锁起的废料斗里，躲在纸板箱、轮胎、报纸、杂志、玩具、沙袋、盐巴、水槽、空白录音带、坏掉的工具、天然气罐、薄脆饼干、油漆、一袋袋的糖果、二手衣物、一堆堆的书和毛毯，还有各种东西后面。这些东西原先的主人也许在发现它们丢失后也想了那么一会儿这些玩意儿到底去了哪里，却很快就忘了这回事。

▲

霍尔德夫妇并不想办追悼会，不希望主岛上那些富有同情心、爱管闲事的人联系他们，也不想让来访的心理学家帮助他们走出悲伤。

他们只想要完全的平静。

政府代表来过，这里如此混乱不堪的环境让他不由得去想，女孩生前该是过着怎样的生活。这让他感到有些恐怖。他离开之后，岬角再次恢复了平静。杨斯·霍尔德在砾石路通往房子之前向左急转的位置设了一道栅栏，栅栏旁边放着邮箱，还有一个比那稍大些的木箱子。

木箱上写着："禁止进入。"

不是"禁止擅闯"，而是"禁止进入"。这意味着谁也不能进来。

要是有人打算违抗这个标志，沿着栅栏旁边的小路走进来，他们马上就会遇到绊网，而这还只是诸多陷阱中的一个。从现在开始，这些陷阱将保护霍尔德家族免受不必要的入侵。

尽管冬日漆黑如夜，这几个月还是光明的。没有人寄来要求莉芙去上学的正式通知。每个月底，M寄来的信都会准时落在他们的邮筒底，没有人对这提出任何疑问。

杨斯·霍尔德继续支付他们家所有的账单，要是不付的话就该有不速之客上门了。他出现在邮局时，人们注意到了他。并不是他做了什么引起了大家的注意，他甚至都没有开口。是他身上那股难闻的气味和那看起来很久都没有洗过的衣服让人们不得不注意到他。

过去，人们都羡慕他穿着自己妻子做的也许有些古怪却十分漂亮的上衣。药剂师的母亲一直到死前都坚持认为，杨斯·霍尔德那件上衣的背面和她丢失的那件衬裙一模一样。大家都觉得这女人是老年痴呆症越来越严重了。不过，在悲惨的溺水事故之后，人们见到的杨斯·霍尔德永远都只穿着那一件褪色的灰毛衣，那上面全是毛球，还沾满了木屑，实在是需要去去毛球，再好好清洗一番了。他那灯芯绒的裤子也破烂不堪，急需修补。他也不再换鞋，总穿着那双老旧的橡胶高筒靴，似乎对此很满意。不知为何靴筒是卷下来的，但在踏入泥泞之中的时候他却丝毫不以为意。他也从来没有换过帽子，尽管一个同情他的老农民送了他一顶新的。

只有味道变了。而且越变越糟。看到他的皮卡车停在外面时，负责收银的两个女人会为由谁来接待他而争吵，其他排队的顾客则会让开一条路，好让他直接走到最前面，尽快付完钱离开。所有不认识他的人都会皱起鼻子，好奇这个臭气熏天的怪人是谁，而认识杨斯·霍尔德的则会交换一个会意的悲伤眼神。当他走过身边时，有些人也会试着友好地和他打个招呼，他也会露出一个稍纵即逝的微笑来回应。但慢慢地，连这沉默的微笑也不再有，他只是盯着邮局的地板一言不发。

负责岬角区域的邮差也注意到了他的变化。过去，他习惯了将稀稀落落的信件送到杨斯和玛莉亚家里，偶尔还会带着几封他们要寄的信离开。但现在，他只能把信放在道路拐弯处那个毫无人情味的邮箱里，即使偶尔有包裹，也是放入邮箱旁边的木箱。如果他有什么话要带给这对夫妇，也只能在木箱里留言。那箱子里放了纸和笔，以备不时之需。

邮差对霍尔德家设的那道栅栏尤其好奇，但他本人也来自主岛上一个挺古怪的家庭，这样的东西在他看来也不至于太过奇怪。他确信自己并不是养育他的那个丑八怪斜眼农民的儿子，而是科尔斯特德那位名声在外的英俊的邮局局长尼尔森的私生子。也就是说,他对谣言和家庭秘密这档子事儿都很懂得欣赏。

他希望有一天能给岬角上这户人家送一个需要本人签收的包裹,这样他就有理由越过那道栅栏了。作为一名邮差,他不仅天生有着风雨无阻的责任感,还不可救药地爱管闲事。更何况,他还迫不及待地等着能打探到些霍尔德一家的消息,好分享给酒馆里的朋友们。这可不是因为他爱说长道短——那可是天理不容的事儿,他想要的只是那种能知道些别人不知道的事情的成就感,这会让他十分开心。邮差到现在都还没能成功地让这些朋友相信——当然是私下里相信——他真正的血统,这可让他痛苦不堪。他当然不能直截了当地说出来,这样干可不行。但他可以暗示。他不断地暗示,竭尽所能地暗示,众人却一点反应也没有。

莉芙知道,不让别人看见自己是一件生死攸关的大事,所以一旦怀疑有人来了,哪怕有一点点风吹草动,她都会如闪电般,悄无声息地躲进废料斗最隐蔽的角落里。在父亲的帮助下,她在那里的轮胎和纸箱后面为自己搭出了一个舒舒服服的小天地。她有两条大羽绒被和一大堆毯子可以用来保暖,要是还冷,旁边还有一大袋保暖衣物可供她取用。那里还有书、手电筒、大量的电池、糖果、饼干、面包和瓶装水,所以她十分满足。

刚躲进去的时候,所有人都在找她,她根本不敢打开手电筒。她只能静静地躺在羽绒被下,在一片漆黑中,聆听着外面最最微弱的声音。这暗无天日的黑暗让她忘记了时间,很快,她就分不清白天和黑夜了。又过了一阵子,黑暗开始沉重地落在她的眼睛上,压迫着她的肺部。

她想念卡尔。卡尔没和她一起进来。

很久之后,他才终于来了。她看不见他,但她知道他和她在一起,在这一片静默里。她不敢和他讲话,因为害怕被人听见,但他却悄悄对她说,他就在那儿,说他害怕陌生人,害怕黑暗,害怕时间,害怕不确定性,害怕空气。他还害怕那股气味,那股由旧橡胶、灰尘、霉菌、干掉的油漆和油布混合而成的气味,像一条厚厚的毯子把他们包裹得严严实实。

他的恐惧让她冷静下来。她一声不响地安慰卡尔,觉得自己比以往更加坚强了。只要她的注意力集中在安慰自己的孪生兄弟上,恐惧就无法控制她。

他们就这样躺了很长时间——她和卡尔,被黑暗包围着,被一个密封的金属容器和它里面装着的各种东西包围着。他们想象着外面的空气、森林的气息,尝试着把这些东西拉进他们的小天地,冲破厚厚的毯子,直接进到他们的肺里。

终于,他们听到了声音。那是某个插销上的挂锁被打开的声音,在两条轮胎之间的缝隙里,莉芙看到了星空,还听到了父亲对自己说话的声音。她终于鼓起勇气,打开了一直握在手中的手电筒。

他给她端来了茶和食品罐头,那是他在工作室外面的野营炉上加热的。要走到厨房的炉子边已经是一件很困难的事了,所以现在只有他一个人负责做饭,而他更喜欢用他自己的"厨房"——至少他自己是这么叫的。他在这露营炉上架起了一块帆布,作为遮阳棚,还多少能遮点雨。有时候,他还会点燃一支自制的火把,插在露营炉旁边的伞架上。每到这时,空气中便会弥漫着食物和松香的味道,莉芙就会觉得父亲很开心。

而现在,是这些茶和食物让莉芙很开心。打开的"窗户"里吹进的空气也给她带来幸福的感觉。光线温暖宜人。爸爸和她在一起。

莉芙向他说了这里的黑暗和沉重的空气,他听完后走了出去,回来的时候在废料斗一侧钻了三个孔,金属碎屑如雪片般落在下面的报纸上。之后,他将那张铺满碎屑的报纸折起来,塞在其他报纸中间,又把一块黑布用胶带固定在孔的上方,把它们遮住。

"现在你随时都可以呼吸新鲜空气了,"他说,"你如果想要更多的空气的话,就得把布掀起来,这样你还可以看到外面的路。但是用光就得小心了。只要布是掀开的,你就千万不能打开手电筒。手电筒的光从外面是能看到的。明白了吗?"

莉芙点点头,接着,像个乖孩子一样,关掉手电筒,掀开布帘,把脸贴在那呈倒三角排布的三个孔上。通过底部的孔,她深深地吸了一口气。她能闻到云杉和野草的气味,还有咸咸的海风。透过上面那两个孔,她能看到夜晚的星空,还有月光照亮的石子路。一只猫头鹰在不知什么地方号叫着。她安静地模仿它,当她感觉到父亲的手放在自己肩上时,她笑了。

"你学得还真像。"他轻轻说。他告诉莉芙,在人们停止搜寻之前,她最好就待在这废料斗里——"我们必须让警方百分之百肯定你已经死了,莉芙。这样就不会有人来打扰我们了。"

她是明白的。没有人来打扰是一件好事。有一天,她终于能够出去了。尽管她坚持说自己不需要任何帮助,父亲还是将她抱起来,举过废料斗那深蓝色的金属边缘,从倾斜的箱口送到外面的世界。

他还在外面放了几个板条箱和一个拖拉机轮胎,这样在必要的时候,她就能轻松地爬回到废料斗里。当然,她一旦进到里面,就无法从外面锁箱门了,但为了安全起见,他做了一个装置,那是个金属固定架,让她可以从里面上锁。

他在客厅里给她准备了一个惊喜:走道旁有个纸箱里放着两只小兔子等待她的发现。她把手伸进纸箱,抚摸着这两个小家伙柔软的皮毛,被一种奇怪的、未知的快乐深深击中。它们得以和他们一起住在房子里,不会在森林里被陷阱抓到,也不会被剥成肉片吃掉。那两只还鲜活着的小兔子开心地看着她,咀嚼着食物,在干草堆上轻轻地跳来跳去。莉芙的心怦怦直跳。

可尽管如此,当她爬上妈妈的床时,不知怎的还是哭了起来。妈妈也不知怎的哭了起来。后来她们吃了糖果和饼干,她们把饼干捏碎,摇了摇。她们还读了一本书,是关于一个热恋中的女人的,由莉芙大声朗读,她妈妈则从中听到了恋爱的感觉,内心深处泛起了涟漪。

▲

一天,她腹中的孩子出生了。这一天来得太早。玛莉亚是在卧室里分娩的,那时她几乎可以离开卧室了,但只是"几乎",而且她得费劲地挤出去。

她的丈夫和女儿帮她接生。莉芙眼睁睁地看着这神奇的过程在她眼前展开。

首先出来的是头。那小小的脑袋向她探出来,起初像一个大理石的月亮,再后来就能看到一整个完整的头,从一个巨大的身体中伸出来。

她感到万分惊叹，为妈妈的努力，为流出来的那些液体，为那个与小小的头颅相连的小小身体，它尽管不情不愿，最终还是跟在后面钻了出来。那是一具透明的、潮湿的、小得不像话的身体，还有一根长长的、灰白的蛇从她的肚脐处伸出来，蠕动着。

时间一分一秒过去，她听到妈妈发出的声音越来越大。那不是尖叫，也不是鸟类或动物被捕食时发出的高声呼号。那是来自地球深处的哭喊，没有辅音的深沉吼叫。

大地也在床上挣扎。玛莉亚那巨大的身躯宛如一幅颤抖的风景画，高山、峡谷和野灌木在莉芙面前此起彼伏。

还有喊叫声。

也不知是对着某样事物的喊叫，还是因为某样事物而喊叫。

然后是那个小小的人儿在她面前晃来晃去。是头在晃。

然后是她的父亲抓住她的双脚，使劲拍打。为什么他要拍打她？

然后是一片沉默。卡尔吓坏了。

杨斯昐咐莉芙用她的匕首剪断脐带，然后他们做了包扎。她陆陆续续从岬角外面的那个便民医疗用品设施里拿来了很多卷纱布、外科敷布和手术胶带，以至于那里现在都竖起了牌子，问岛上的居民是否真的需要那么多的纱布。

那孩子自己也很努力，确实很努力。她努力地从地底、从水里、从黑暗中挣扎着出来，现在又在努力地呼吸空气，她周围有这么多的空气。她没有发出任何音节，只是大张着她的小嘴唇，像比目鱼。

然后她停了下来。

她做不到。她太小了，没法活下来。

父亲尖叫的时候，莉芙试图捂住卡尔的耳朵。他像猫头鹰、像海鸥、像受伤的刺猬般尖叫，像一只鹿为失去自己的幼崽而尖叫，像一只獾因激情而尖叫。他像一个孩子发现自己的父亲死在石楠丛中时那样尖叫。

他的声音是如此尖厉，尖厉得都不像是人类能发出来的声音。那仿佛是一道明亮刺眼的白光，就像你直视正午的太阳，你仿佛什么都看不见，又仿佛什么都能看见。

可更重要的是，杨斯·霍尔德的尖叫是从身体深处发出来的，就像他发现自己的儿子躺在摇篮下，头盖骨都摔碎了的那一刻一样——正是在那个时刻，他发现了一个让人无法接受的事实：是迎接新生命的狂喜让他忘了拧上最后一颗螺丝。不论是作为一个木匠还是一个父亲，他都是失败的，他是害死自己儿子的凶手。他永远也不能和心爱的妻子分享这个秘密，因为他太害怕连她也要失去。

他用麻木的双手捡起摇篮的侧板，用螺丝拧紧，这样就再没有人能把两个摇篮分开了。这之后，他跪在地板上那个已经全无生气的孩子面前。他没有去碰他，只是死死盯着那个顶着猩红光环的小脑袋，声嘶力竭地尖叫起来，直到玛莉亚也跑过来，她抱起孩子，紧紧地抱在胸前，和他一起尖叫。

卡尔摔下来时，柔软的后脑勺撞上了他父亲的一个工具箱，撞上了那个无情的钢板的灰色的角。

杨斯现在就是那样尖叫的。莉芙认出了父亲的这个尖叫，和之前某一次的一样。

玛莉亚哭着哭着睡着了,嘴里发出轻轻的元音。爸爸带着那具小小的、没有生气的尸体离开后,莉芙给她浑身是血的母亲洗了个澡。

"是个女孩。"这是他抱着那孩子离开时说的唯一一句话。

亲爱的莉芙：

我们实在是不该试着再给你生一个妹妹或者弟弟，但你爸爸坚持要这么做。他说我们一定要有两个孩子，就像以前一样，就像他也有一个哥哥，你也应该有一个同胞妹妹或弟弟。他说这样我们才能重新找到平衡。而不管怎么说，我爱他。我依然爱他。

但也许，那个孩子根本就不该活着，因为我们没有能力照顾好她。我特别害怕生下她。我害怕生她生得太早，害怕生出来的时候她就是一个生命了。我害怕这个孩子，也为这个孩子感到害怕。

所以生她的时候我没有像自己应该做的那样使劲。我试着让她留在自己身体里。我使劲挤她。也许她就这样窒息了。也许是我杀了自己的孩子。

又或许，有些孩子本就不该活在这个世界上。也许你的妹妹就是这样一个孩子，也许这不是我的错。

我不知道，莉芙。

我还尝试着弄明白卡尔到底是怎么出的事，却没能成功。我怀疑你的奶奶，因为她在吃药，药物让她的行为有些不受控制。药物主要的作用是让她昏昏欲睡，但她也可能突然就狂躁暴烈起来。这吓坏了我，而在内心深处，我想这也吓坏了她。

卡尔哭得很厉害，也许她受不了这一点。我们认为是这样的。她忍受不了卡尔不停地哭，所以把他从摇篮里抱了起来，摇了摇他，让他摔在了地上的工具箱上。也许她是故意的？我们是这么想的。正是因为这个，她搬走对我们来说是个巨大的解脱。可我的内心还是不得平静，因为这样我就永远无法知道到底发生了什么了。

也许根本就不是她。万一是我干的呢？那些日子里，我睡得太少了，连日子都记不清楚，而且我病得太厉害了，是我自己的问题，是心理的问题。我筋疲力尽，为未来而担惊受怕。日子一天天过去，我都不记得我做过些什么了。会不会是我害死了你的双胞胎弟弟？

如果是我，你能原谅我吗？

爱你的，妈妈

酒馆和孩子

一场格外猛烈的风暴席卷了一大片海岸线时,人们才会注意到岛上的情况。这里会出现一群腋下夹着烟斗和公文包的人,他们脚上穿着过于正式的鞋子,明显并不适合这里恶劣的自然环境。他们在晨雾中跨着过大的步子,眯着眼睛测量着什么,再用蓝色圆珠笔在记事本上记录下风的方向和发生泥石流的风险,完成任务后再开车回去喝咖啡。然而,当平静的大海决定悄无声息地舔过海角时,没有人会注意,至少人们一开始不会注意。谁又会注意到,两边的沙子少了那么一点点呢?谁又会注意到,大海是如何悄无声息地侵入陆地,一寸一寸让自己更宽广呢?

"颈部"正在年复一年地变得越来越窄,但每年只变窄一点点。而这砾石路面的平行宇宙——海草、石头、沙子和荆棘,也在没人发现的地方,跟着每年缩小一点点。而由于平常不太会有车子经过,砾石路本身也快要被自由生长的杂草给掩盖了。这些日子以来,这里最频繁的交通也就是一个孤单的孩子背着空荡荡的双肩包从这里跑过，再满载而归地跑回家。

▲

罗阿尔德一边研究冰箱里的食物，一边挠着头。他非常确定那里原先放着两烤盘香煎奶油千层土豆饼，可现在却只剩下了一盘。他还很确定，自己睡前在靠近架子前面的地方放了一瓶柠檬汽水来着。他环顾四周，没有任何迹象表明有人曾经进过酒馆的厨房。

最开始的时候，他认为准是有个客人偷偷溜进厨房，自己找了点东西当消夜吃，但这也完全说不通。这样的事情已经成为一种常态，每隔几天便会发生一次，而在这期间，他发现别的东西也会不见，而且不见的还是些奇奇怪怪的东西。一天早晨，他发现昨晚放在厨房桌子上的一副纸牌找不到了；还有一次，厨师发现一只炖锅不见了。迄今为止这样的事件发生了太多次，每一次都是这样无法解释。

以现在的情况，罪魁祸首倒有可能是厨师，可他也太不像了——他根本不是这种人。罗阿尔德认为这位烹饪技术高超的表亲是最值得信赖的人了，他也不相信这个人会因为一时冲动和这么点蝇头小利而做出危及自己现在职位的事情。

再说，当厨师发现有东西不见的时候，表现得总是非常冷静，只是一笑置之。他对任何事情都是一笑置之。但与此同时，要说厨房以及储藏室完全在他的掌控之中，那肯定也是不可能的。实际上，厨师搞不好还怀疑罗阿尔德晚上会偷偷溜进来吃剩菜。他用眼色暗示这一点的时候，罗阿尔德会大声抗议，可他自己也忍不住笑了，他们的讨论也就到此为止。

可还能是谁干的呢？究竟是谁，会想从储藏室里偷拿剩菜、扑克牌、圆珠笔、汽水和金枪鱼罐头呢？这个人又是怎么做到的？

那天晚上并没有人在酒馆里过夜，所以这个贼也不可能是酒馆的客人。

罗阿尔德离开厨房，走下后面那段短短的楼梯，来到通往储藏室的小走廊。过了一会儿，他发现不见的东西包括：几卷厨房纸巾、几包脆饼和薄饼干、几个番茄罐头、一些香肠，或许还有一罐蜂蜜，肯定还有一大袋饼干……还有一些气泡膜。没错，那个包装新的裤子熨烫板的大纸箱里肯定有很多气泡膜来着，可现在全都不见了。气泡膜？谁会偷那种东西呢？罗阿尔德处理冷冻食品时用的手套也不见了。

回到走廊的时候，他停了一会儿，抬头看了看地下室那扇长方形的小窗户。窗户和平常一样半开着，因为新鲜空气对人有好处。但肯定没有人能从那个窗户进来呀，那不可能。

接下来厨房关闭了两周，因为厨师想要好好度个假。这可是二十年来第一次。他和妻子打算去内陆旅行。不过，如果他们发现自己并不喜欢旅行，也可能会提前回来。

考虑到酒馆的公共空间和二楼的几间客房都需要粉刷，还要做一些小修小补，罗阿尔德打算干脆闭店几天，顺便把这些问题也处理了。感谢上帝，他可以自己完成这些工作，这可以降低成本。而如果他最后发现自己需要帮助，他也有人可以找，老客人们都太期待酒馆重新开业了，要是有必要的话，他们肯定会心甘情愿为此穿上连体工作服前来帮忙,更何况还能有免费的啤酒喝。但罗阿尔德并没有一开始就接受他们的帮忙,他想要一些独处的时间。

他很快做了一个决定:他取出一袋面粉,放在了厨房里,并在那晚睡觉前在地板上撒了薄薄的一层。反正第二天起来再打扫干净就可以了。毕竟他知道自己是这段时间里唯一一个会进厨房的人了,便打算接下来几晚都这么干。罗阿尔德太想知道到底发生了什么,他不怕麻烦。

为了让事情更加有趣,他还在桌上留下了一支断掉的铅笔、六颗甘草糖和一副扑克牌,又在冰箱里放了个盘子,装上二十五片萨拉米香肠、十片火腿和五块红色灯笼椒。

前五天的早晨,厨房里都没有任何不妥的迹象。到了第六天,铅笔不见了,失踪的还有三颗甘草糖、七片萨拉米香肠、两片火腿和一块红灯笼椒。在冰箱、桌子和通往走廊的门之间,地上的面粉上都留下了脚印。罗阿尔德蹲下身子,盯着最清晰的那几个脚印,满心困惑。它们很小,肯定是个孩子留下的。

他顺着脚印的方向走进走廊,来到窗户下方,一切水落石出。只要稍稍有点智商,一个孩子就能通过这种方式进出。

可是,一个孩子会做这种事?还是在晚上?

还有,为什么要偷气泡膜呢?

修理二楼客房的地板时,罗阿尔德满脑子想着的都是那个夜里的不速之客。他多希望能把那当成一个幼稚的恶作剧,忽略过去,可他办不到。一个经常来偷食物、面粉、平底锅和厨房纸巾的孩子一定是一个需要帮助的孩子,可在科尔斯特德,并没有这样的孩子。

从鞋印的大小判断，这孩子年纪还小。在他想象中，那应该是个小男孩。他自然而然地就这么认为了。罗阿尔德不敢说自己认识镇上的每一个孩子，但他确实认识不少，并且对他们是谁、住在哪里全都了如指掌，而其中没有一个像是会在酒馆厨房干出这种事的。面包师家的三个儿子确实喜欢恶作剧，但不可能是他们干的。罗阿尔德这么分析，理由之一是他们谁也挤不进那个小窗户，此外更重要的是，他相信那三个小家伙都不用等走到房子后面，就会把酒馆里的所有人都吵醒了。他们可比任何人家的小孩都吵闹得多。即使他们扮演着睡狮，你也非得用手捂住耳朵不可。每次见到这三个孩子，听到他们的大吵大闹，罗阿尔德都会不由自主地为自己没有孩子而感到庆幸。他同情那个有一天要和自己的荷尔蒙做斗争的大学预科学校老师。

另一方面，每次见到警官的女儿，罗阿尔德心中的幸福都满得要溢出来。她是他所认识的最可爱、最娇小的人儿。她总是穿着小裙子，头发编成小辫，仿佛她的家是在宽广草原上的一座小房子里，而不是在这镇上大街上的一幢黄色大砖房里。她的名字叫作劳拉。她的一切都太过美好了，美好得像是个童话。但除了罗阿尔德的心，小劳拉不可能偷过任何其他的东西。

那么，还能是谁呢？他把镇上这些孩子一个一个地在脑中筛了一遍，实在想不出哪一个会在半夜出来找吃的。至少据他所知，谁都不缺什么。再说了，老天啊，要是他们把偷来的食物带回家，他们的父母迟早也会发现的啊。

罗阿尔德一向非常小心，注意不在酒馆里散布谣言，正是因为此，他也对盗窃事件守口如瓶。只有那么一次，他曾拐弯抹角地问过一些老主顾，岛上有没有人的生活特别困难，入不敷出。

老主顾们抓耳挠腮地想，想到了一个邋里邋遢的老太太，她推着个手推车，常常在垃圾场里转悠。村子里还有个傻子，来自一个设得兰矮种马的马场，那马场现在已经废弃了。还有那三个醉汉，他们住在轮渡码头附近的一个单坡棚屋里，至少最近住在那里。

但他们也很快一致认为，这些人里没有一个那么缺钱。醉鬼们看起来还有的是酒喝，村里那个傻子丰衣足食——至少他的食物比他那些可怜的小马多。至于那个推手推车的老太太，她住在通向桑德比的路上一个漂亮的茅草屋里，小屋四周有修剪得整整齐齐的树篱，前花园里甚至还有小风车。她丈夫是个退休的会计。她不穷，只是精神有点问题而已。

然后就是住在岬角上的杨斯·霍尔德了。这些日子他总是奇奇怪怪的，让人很难接近。他总是开车载着一堆垃圾跑来跑去，但这也不意味着他的生活有困难，而且他家里也有一大堆东西。他的妻子一定也不可能饿肚子，因为据邮差所说，她现在长得可胖了。对了，已经很久没人见她离开过岬角了。

罗阿尔德记得，霍尔德曾经有个孩子。曾经。岛上的每一个人都知道，那个可怜的小女孩死在了海里。为人父母经历这样的悲剧，真是让人难以想象，更不用说几年前他们已经在一场事故中失去了一个孩子。据罗阿尔德了解到的情况，那是小女孩的双胞胎弟弟。命运怎么能如此残忍呢？不管你原本是个多么正常的人，这样的经历也肯定会让你失常吧。

罗阿尔德还记得直升机在岛上沿着海岸线一遍又一遍搜索那个小女孩的声音。可到最后他们连尸体都没有找到。

面对这样的事情,人最终肯定会来到那么一个状态——想要找到尸体。到了某个时候,希望就会像疲惫的小火苗一样熄灭,变成一个小小的、炽热的愿望。找到尸体总比什么也没有强。

谁敢想象那样的一个时刻。

地板已经修补好了。他往后挪了挪,查看了一下。至少这块地板肯定偷不走。

所以,也不可能是霍尔德家的孩子。原因再明显不过了。

那么会是矮人吗?

他打消了自己这个念头,站了起来。要是这岛上的某个地方住着个喜欢气泡膜的饿鬼矮人,他肯定早就听说过他了。

他需要啤酒。

罗阿尔德一屁股坐在办公椅上,盯着电话。弯弯的黑色听筒好好地放在话机座上,光洁的胶木被汗湿的手握过太多次,已经有些褪色了,那原本透明的拨号盘也早已蒙上一层灰褐色。罗阿尔德拿起啤酒抿了一大口。

他知道他应该通知警察。他和镇上警官的关系很不错,只要下了班,那个男人其实非常富有同情心。

但他依然在犹豫。这到底是为什么呢?

喝了一大口酒后,他下定了决心。他擦去嘴唇沾着的泡沫,将空瓶子放在桌上。他要试着自己把这件事查到底。没必要把事情闹大,再说反正警察就在这儿,哪儿也去不了。

那个夜间毛贼总是隔几天才来一次,所以罗阿尔德等了四天。

第五天傍晚，他早早上床，睡了几小时，午夜时分便起来了。他蹑手蹑脚地走到厨房，开始守夜。他准备好了各种各样的东西，甚至还从楼梯平台的书架上拿了一堆唐老鸭漫画书。酒馆里偶尔也会有孩子来，那种时候漫画书通常会非常受欢迎。现在，它们被放在了厨房的桌子上。

要是他能开灯就好了，那样他就可以读书，或者看唐老鸭漫画。但这当然不可能，只要有光，就会从窗户里透出去。他坐在一张小桌子前，守着守着不小心睡着了，一直到凌晨五点，才被胳膊的酸麻感惊醒。整座房子安静得像是坟墓，他于是踮着脚尖回到楼上去睡觉了。他度过了好几个这样的夜晚，什么也没见到。

终于，在星期一的夜里，有事情发生了。这一次，罗阿尔德给自己冲了一杯浓咖啡，希望这能帮助自己熬到天亮。到了凌晨两点半，他依然完全清醒。他的思绪清晰，脑中想着税务账户、威士忌股票、前同事和前妻，还有害虫防治和赌球。他甚至很享受在别人睡觉时坐在这里思考的感觉。外面，风正吹得酒馆招牌在铰链上吱吱作响，一根树枝轻轻在墙壁上刮擦着。

就在这时，一个声音突然从房子后面传来。那声音很微弱，但绝对是响过。他尽可能轻地站起来，退到餐厅旁边角落里的藏身处。他挤进了一个高高的碗柜旁边的缝隙，神不知鬼不觉地站立在黑暗中。

很快，他听到了走廊上的门把手被慢慢往下拉的声音。他看不到门把手的位置，但冰箱在他的视线范围之内。很快，那个小男孩也出现在了他的视线里。

罗阿尔德看到一个小小的人影朝冰箱走去,他屏住呼吸。要不是过去的几小时已经让他的眼睛适应了黑暗,他肯定什么也看不见。但此刻,他可以清晰地看见一个小男孩的身影。他的头发短短的,身材瘦瘦的,手中拿着一个大包,可能是个双肩书包。他走起路来特别轻,几乎完全没有声音。罗阿尔德完全听不到任何的脚步声。

男孩并没有开灯,但他显然非常熟悉冰箱的位置。他把冰箱门拉开一条缝,那条缝很窄,却足以让他看到里面都有些什么。他背对着罗阿尔德,冰箱的灯光照不出他的脸,但罗阿尔德看到了一头散乱的黑发,还有一件棕色和橙色相间的条纹毛衣。紧接着,男孩从冰箱里拿出一个烤盘,站在那里,闻了闻。烤盘里装着罗阿尔德前一天晚上为自己做的晚餐——番茄肉酱意面。它肯定还没坏。

男孩用手指挑了一点出来,送到嘴里尝了尝,便将烤盘放回了原处。他的速度是如此之快,又如此之安静,空气中除了门框上的橡胶条摩擦发出的咝咝声外,一点动静也没有。他舔干净手指,转向罗阿尔德刚才坐过的那张桌子。他的手伸向了唐老鸭漫画。有那么一刻,一束微弱的光线打在了封面上唐老鸭的脸上,很快又暗了下去。男孩把双肩背包放到桌上,从书堆下抽了几本,塞了进去。接下来,他的手伸向装糖果的小玻璃碗,一道五彩斑斓的光闪过。他抓了一把糖果,有甘草糖,也有小熊软糖,塞进背包的侧面口袋。一颗甘草糖掉了下来,啪的一声落在地板上,在地砖上滚了几圈。

男孩站着不动,静静听着。罗阿尔德也是。房子里再也没有别的声音了。男孩随后弯下腰,用手在地板上摸索,终于找到那颗糖,塞进自己嘴里。

他还要拿别的东西吗?他会继续去储藏室吗?罗阿尔德暂时还

不想暴露自己。他自己都感到惊讶的是，除了好奇，他还对这位害羞的客人产生了一种奇怪的柔情。这个小男孩干起这样的事情来如此娴熟，真是让人感到悲哀啊。罗阿尔德一点也不生气，他只觉得同情，还有探究的兴趣。

男孩开始小心翼翼地在抽屉和橱柜里翻找起来。他手中小小的圆锥形的光柱会不时亮起，照在什么东西上面，但永远只是一闪而过。他从抽屉里拿出点什么东西放进了背包。罗阿尔德尝试着猜测那到底是什么。或许是个手工搅拌器吧。小男孩还拿了一副烤箱手套，也可能只拿了其中一只。他突然间提起背包，朝门口走去。罗阿尔德犹豫了。现在是时候露面了吗？他是不是应该向前一步，清清喉咙呢？要是他这么干的话，小男孩大概会被吓个半死吧。或许他该等到男孩从窗口出去的时候再说？为什么他居然没事先想好一个计划呢？男孩消失在了罗阿尔德的视线里。轻微的嘎吱声表明门打开又关上了。很快，走廊里就听不到什么声音了，那声音是从储藏室里传来的。要不是罗阿尔德早有预料，他根本就不会注意到这个声音。他很可能会以为那只是风声。他继续站在碗柜旁边的藏身处，犹豫了一会儿，试图整理自己的思绪。

最后，他终于走了出来，却没有走向通往走廊的那扇门，尽管他十分清楚男孩正在搜刮储藏室。他从另一扇门溜了出去，穿过客厅，穿过门厅，从前门走了出来。他以从未有过的小心谨慎移动着，尽量不发出任何声音。谢天谢地，风声现在变得更大了一些。他小心翼翼地关上沉重的前门，转到酒馆前面小小的接待区。一个花坛里，几丛大灌木在街灯的微光中摇曳。除此之外，街道上的一切都是静静的。

往北边的路和酒馆的接待区一样冷清。在这个时候要是还有什么人在外面活动，那才是奇了怪了。罗阿尔德沿着酒馆前面的路轻声地走，走到拐角处，从那里他可以看到房子后面的车道，地下室的窗户就在那儿。最近处的街灯离窗户也太远，灯光照不到那里。但一弯新月把微弱的光洒在砾石路和酒馆的房子上。

首先被扔出来的可能是卫生纸。那是一包十二卷的经济装，刚刚好能从窗框里挤出来。然后，下一个出来的是……一卷什么东西呢？可能是油布吧。然后是背包。接下来是两条瘦骨嶙峋的胳膊，穿着条纹毛衫，把扔出来的东西整理好，留出空间。

然后是那孩子自己爬了出来。

他爬出来后并没有完全关上窗户，正像他之前看到的那样。然后他背起背包，捡起卫生纸和油布，几乎是完全悄无声息地穿过砾石路，走上了柏油路。罗阿尔德紧盯着他的背影。他还是没想好要不要露面。

所以他只是躲在阴影里，跟了上去。

男孩并没有跑。不，那算不上跑，但也绝对不是寻常的走。他的步态飘忽不定，让罗阿尔德想起了原住民和在田间搬运重物的亚洲工人。

不过，真正让罗阿尔德惊讶的还不是步态，而是他离开的方向。那孩子沿着路往北去了。那边不远处有几处零星的房子，他是住在那边吗？真的有像他这个年纪的孩子住在那里吗？

科尔斯特德以北几乎没有什么路灯。想到要在黑暗中行动，罗阿尔德犹豫了一会儿。但挂在天上的月亮宛如一把金色的军刀，反射着远处太阳的光芒。月亮带来了光,一点点光,但这也足以让他看清自己前方的这个小人儿。可要是这孩子看到他了怎么办?他实在不想吓坏这孩子。

这条路蜿蜒曲折,两旁还长着各种各样的灌木,这对罗阿尔德来说真是太幸运了。这样的掩护让他能追得更快些而不被发现。他不得不承认自己跑不过那个孩子。那孩子一定壮得像头牛。

追了一会儿,眼前又变得开阔了,而在更远的地方,路边有几幢小房子,还有几盏街灯。可那个男孩似乎想避开灯光,因为他在田野上突然转了方向,绕过房子向左边跑去。在田野中追到一半,罗阿尔德力不从心地停了下来。他气喘吁吁地盯着那个消失在北边夜色里的小小身影。

那孩子真的是往岬角去了吗?

亲爱的莉芙：

　　那天你想要说点什么关于陷阱的事情，却突然停下来了。你说什么也不肯再说了，这让我很担心。

　　什么样的陷阱？

　　你有什么事情瞒着我呢？我希望你现在就在我身边。

　　我希望你在这里陪着我。我想你。

爱你的，妈妈

留住她

　　杨斯·霍尔德将那新生的婴儿抱到外面,那狭小的卧室外面。他抱着她,沿着狭窄的过道,穿过那每走一步便仿佛缩小一点的楼梯,穿过一个个房间,那些房间最后也缩小成了满是灰尘的走廊。最后他走进院子,在那里,天空试图在一片垃圾的森林里劈开一条路来,而地面上只像草丛里兔子穿梭踩出的足迹一般隐约开辟出一条通道。他来到自己的工作室,用刚才包裹她的那床小棉被垫着,把刚出生的小女儿放在工作台上。她是个不会哭叫的孩子。

　　杨斯·霍尔德也不再尖叫了。他现在很冷静,很专注。

　　莉芙过来找他的时候,他已经将那孩子清洗干净。她什么也没有问,只是应他的要求端着那盆水走出去,倒在了工作室的后面,又从水泵里重新打了一盆。他说这是给他自己洗手用的。她又从厨房里帮他找来了油、几个空果酱罐、一袋纱布,还有一袋盐。她点燃了外面的野营炉,开始用他教过的方法清理松香。他说他们等会儿会需要这些东西。但果酱罐和盐他们现在就要用到。她不知道卡尔在哪里。

莉芙试着保持冷静，可她害怕极了，很是不知所措。在那一刻，她强烈地感觉到自己只是个孩子。

杨斯拿起一把菜刀，放在火上烤着。莉芙就坐在他的身边。她想要问他些什么，却问不出口。她张开嘴，却吸不进任何空气，也吐不出任何词句。随后她跟着他回到工作室。他走起路来的样子旁若无人，仿佛不知道她就在那儿，仿佛根本不曾看见她，仿佛她就是卡尔。

莉芙看到那床被子的边搭在工作台的角落里，歪歪扭扭的。她还能看见两只光着的小脚，它们是那么小，比她自己的脚要小得多。在旁边油灯的映照下，那双脚投下毛茸茸的影子，看起来却一点也没有温暖的感觉。

卡尔还没来，莉芙不知道该留下还是走开。她的父亲此刻正站在工作台旁，她能听到他的呼吸。那小小的脚趾一动不动。她走近了一些，站到工作台的另一边，抬头看着父亲。他没有看见她。他正低头看着那床被子。

最近这段时间，他的呼吸变得不太一样了，仿佛他吸进去的空气里有木屑。有时候她都想帮他呼吸，和他一起呼吸，或者在他呼气的时候吸气。有时候她想把他拽到森林里去。他们已经好久没有去过森林了。森林里的空气可比工作室里好多了……比在房子里和废料斗里好多了。她真是想念森林。

现在她不知道该怎么办了。

想不明白该做什么的时候，她的身体替她做了决定。她滑倒在了工作台后面的地板上，仿佛滑落着进入自己的身体里。

她将下巴搭在了工作台的横梁上，那些空果酱罐就摆在地板上的锯木屑中，还有父亲的双腿。他的一条裤腿上有个洞，就在膝盖下方，一处撕裂的痕迹。她想象着这破洞后面的他的皮肤。要是拿手电筒照着那个洞，她能看见他的皮肤吗？她的小手电射出微弱的光，照在裤子的破洞和他的皮肤上。他的皮肤看起来就像干涸的土壤，上面布满了细细裂纹。她想抚摸它。

突然，那双膝盖向她走过来。一只膝盖从那破洞中崩了出来，在手电光的照射下，她看得很清楚。那画面就像一个小婴儿的头从她妈妈的身体里伸出来。爸爸伸手来拿果酱罐。他拿起一个，仿佛一只鱼钩伸入水下钩住了它。她听见他那仿佛混合着木屑的呼吸声，还有一声像是刀子刺进兔子的声音。没过多久，那个果酱罐便又回到了地上的锯木屑中央，里面多了一些黑乎乎的东西，玻璃边缘也被他的手留下了一些黑乎乎的印迹。另一个果酱罐被拿了起来，消失在工作台边缘。它被放回来的时候，里面也多了些什么东西。一切就这样继续。她盯着那些被装满的罐子，回忆着兔子和自己捕猎过的兔子和牡鹿。她举起手电照向其中一个，认出了那里面的东西。

就在那个时候，卡尔回来了，拉起了她的手。

她轻声告诉他别害怕，果酱罐里装的只是他们小妹妹的肺而已。

后来她的父亲来了。不，首先是他的膝盖往前移了一些，然后他的上半身弯了下来，一只手抓住工作台的边缘，再然后是他的头，

151

他的头微微地歪向一边,眼睛看向靠在工作台下方横梁上的她。她关上手电。

"你在做什么呢?"他轻声问她。他的声音和以前不一样了。或许现在他的声音里也混进了木屑吧。

她听到有液体从工作台上滴落的声音。起先是有那么几滴,后来水滴之间的间隔越来越短,再后来,就变成了连成一片的水雾。

"我想是在等吧,"莉芙答道,"你在做什么呢?"

他一动不动地坐着,就像卡尔一样。突然间,水雾又变成了水滴。

"我在帮你的妹妹整理。弄好之后我们就能好好照顾她了。"

"嗯。"

"我觉得你应该来帮忙。"

"嗯。"

"请你站起来好吗?"

"好。"

莉芙想试着站起来,但卡尔不干。他像推一大袋子盐巴一样,把她又推倒在了地上。

她眼前父亲的形象又变成了两条裤腿。

"你要来吗,莉芙?"他的声音从她上方的某个地方传来。

她回答:"来。"却一动不动。

"没什么好害怕的。"他说。

"嗯。"

卡尔松开了抓住她的手。她握着他的手站了起来。他们同时屏住呼吸。

▲

杨斯·霍尔德并不记得细节。也许他从来就没弄清楚过细节。但这些知识的轮廓就保存在他内心深处：他对父亲过去发明的方法还有粗略的印象。此刻，正是这印象在指挥着他的双手。

他要处理女儿的尸体，并不是为了保护她的灵魂。他只是想保住他的女儿，留下她。

他只想不要失去她。

那具小小的身体内部已经被彻底清洗干净了，只剩下心脏。他记得，心脏必须留下，而且这样感觉是对的。她是世界上最漂亮的小姑娘，就像曾经的莉芙。还有她的双胞胎弟弟。

他必须保护这个脆弱的小人儿，不让她消散于尘土，就像他七年前死去的儿子那样。铅笔画再也不能让卡尔留在他的回忆里。线条无法保存他的肉体，透视无法拥抱他的形状。不管他多么努力地留住记忆中的卡尔，他还是慢慢地消失了。杨斯·霍尔德无法接受再这样失去另一个孩子，他们如此期待着她的降临、如此深爱着的孩子。

杨斯·霍尔德不愿意再失去任何东西。内心深处有个声音告诉他，莉芙必须在场。要留住这个死去的新生儿，莉芙的存在很有必要。

▲

盐会吸干身体里所有的水分——父亲一边找着一个合适尺寸的盆子，一边向她解释。莉芙从没一次见过这么多的盐。她看着妹妹那张小小的脸，她的身体渐渐被白色的海洋淹没。她的眼睛是闭着的。卡尔也闭上了眼睛。莉芙也想闭上眼睛，但她不能这么做。她还要做爸爸的帮手，她要参与这一切，这是爸爸的要求。他们要一起保护这个小小的女孩子，不能让她消失。

可现在她消失在了白色的盐的海洋里，她的脸颊和小小的鼻子是最后被淹没的。

她需要在这个盆里躺一个月，才能让身体里的水分完全被吸干，一滴也不剩下。这是爸爸说的。莉芙不知道人死后还能不能哭。

卡尔显然是可以的。事实上，他最近常常号啕大哭。他哭是因为他们的小妹妹死了，因为他们的妈妈待在楼上的卧室里，对这个孩子被泡在盐里这件事毫不知情。他哭是因为，哪怕他们有一点点怀疑有人要来，他们就得藏进那个废料斗。没错，哪怕是听到一点小小的声音，他们也要藏进去。而他哭得最厉害的，或许是他感觉到孤独的时候，哪怕是和莉芙在一起。

▲

玛莉亚·霍尔德还没有力气去埋葬又一个孩子。当杨斯上楼告诉她那孩子已经被火化的时候，她躺在那难以负担她沉重身躯的床上，感激地点点头。他说他生了一堆火，还为她做了一个精致的小棺材，把她放在那里面送走了她。说完，他在妻子的额头上印下一个吻，摸了摸她的头发。

"她好好的。"他轻声说。

莉芙就在她母亲的床边听着。她觉得不舒服。她知道这是可以撒谎的时候,是不得不撒谎的时候。她绝不能告诉妈妈,那个小小的人儿没有被火化,而是被埋在了工作室的一盆盐巴里。她绝对不能告诉她,绝对绝对不行。

于是莉芙什么也没说,她只是大声地给妈妈读书。每当玛莉亚能用她那柔软的嘴唇发出点什么声音的时候,便会对莉芙说,她现在已经读得很好了。通常她只是从自己的许多笔记本中拿出一本,写点什么给莉芙看,而莉芙总会如饥似渴地读着那些句子,像个饿坏了的孩子。

"你的读写能力已经这么强了,我太骄傲了。这真是太棒了,莉芙。"

莉芙笑了。她任由自己在这满足和快乐中沉浸了一会儿,才继续开始读。

大声地读。

她不时会想,自己是不是能把心里的秘密写下来,给妈妈看。那样的话,她实际上什么也没有说,一个字也不用透露,也能把自己知道的事情分享出去。

但她不敢。会吓到她的已经不再只是陌生人了。她父亲的情绪越来越阴郁,这像是个黑暗的、不祥的威胁,慢慢笼罩了她。

玛莉亚·霍尔德再没离开过卧室,在她没有了生命的第三个孩子被埋在了盐里之后。即使她能够离开,她也不会再认识自己的家了。她也被慢慢地埋葬了。

亲爱的莉芙：

那些兔子——兔子是怎么回事？我们有更多兔子了吗？我觉得我能听到它们的声音。它们不再住在它们的小屋里了吗？还有牲口棚里的那些动物……我也能听到那些动物的声音。你不喂它们吗？

现在是晚上了，这时候它们不应该发出任何声音才对呀。

爱你的，妈妈

我的妹妹

当我的妹妹被埋在盐里脱水的时候,我收集了更多纱布,清理出了更多松香。妈妈很好奇我身上残留的气味是怎么回事。她写:"你闻起来有松香的气味,你一定老往森林里跑吧。"而我低声说:"这是种香味,不是'气味'。"

她听后笑了。

一天晚上,我在面包店的后面发现了一袋不太新鲜的糕点,我们躺在床上享用了好久。卡尔有点担心妈妈吃得太多了,于是我让他出去了。他有时候真的很让人头疼。爸爸一点也不想吃,这让我有点难过,因为我最喜欢我们在一起——我们三个人在一起。最近我们已经很少再这样了。

但更糟糕的是,他开始发脾气了。倒不会直接对我发,也不会对妈妈。他对我们说话的态度还是很好的——当他真的开口对我们说话的时候。所以我也不知道他到底在生谁的气,但有时当他独处的时候，我会听到他大声叫喊、咆哮。或许他也有一个看不见的朋友，他可以冲着他叫喊，就像我偶尔会对卡尔做的那样。这并不会让他从我身边消失……嗯，我的意思是，变成一个完完全全真正看不见的双胞胎弟弟。

我也开始对其他事情感到担心。家里到处都放着好多东西。尽管我喜欢所有这些东西，特别是爸爸和我一起找到的东西，可还是有点不对劲。

我会把我们家的房子和我去过的其他房子做比较，在其他房子里，我在房间里走动要更容易些。那些房子也不像我们家这么脏。尽管老鼠和蜘蛛是我的朋友，但酒馆的厨房里没有老鼠屎也没有蜘蛛网，那感觉真是太好了。其他人家的房子看起来和我们家太不一样了，闻起来也不一样。那些房子里有香气。尤其是酒馆。我记得以前我们家并不像现在这样有这么多东西，我的年纪已经够大了，我能记得。我们的厨房和浴室曾经是可以真正起到厨房和浴室的作用的，而不是像现在这样只能用来存放东西。

我想我希望事情保持原来的样子：没有到处放着那么多东西。但另一方面，我也不希望失去我们现在拥有的一切。爸爸说了，我们得照顾好这些东西。

这些思绪就这么沉重地压在我的心上，我却不知该如何是好。我发现和爸爸交流越来越困难了，我也很害怕对妈妈说出什么让她伤心、甚至比伤心还要糟的话。每当我想要对她说一些爸爸肯定不希望我对她说的话时，我都能听到爸爸的声音在我脑中响起："这会杀死你妈妈的。"

我杀死过动物，我甚至很擅长这件事，但我绝对绝对不想杀死我妈妈。

要是她不再躺在楼上卧室的床上等着我了，等着我给她拿吃的，拿一本书给她读——还能有比这更糟糕的事吗？我无法想象。每次她都会摸着我的头发，喃喃地说她爱我。这些日子以来，这是我最爱做的事情了，因为爸爸不再带我坐着小船出海，甚至都不再带我去森林里了。自从妈妈把我的小妹妹生出来，他几乎就不怎么去任何地方。

当你不能说出自己究竟想要什么的时候，和别人交谈就变得很困难。尤其是和你对话的人还不怎么说话的时候——不管他们是你的妈妈、爸爸还是看不见的双胞胎弟弟。我想，这就是为什么我如此喜欢大声地为妈妈读书吧。

只有这样，我才能确信自己依然可以说话。可还是有一些事情爸爸不允许我提。

一旦出了卧室，我就得一直保持安静，这样就不会有人听到我说话了。

爸爸既然这么害怕别人看到我，却还让我一个人去主岛上，这件事情很奇怪。他每次都说同样的话："看在上帝的分儿上，千万不要让任何人看到你，也千万别告诉你妈妈我没和你一起去。"

我们根本就不相信上帝，我不明白为什么一切事情都有他的参与。而爸爸选择留在家里照看东西，而不是和我一起去，照看我，这就更说不通了。我一直都不明白这事，直到最近才想通：他其实比我更害怕。我想，他害怕一切。这和卡尔有一点像。

最近还有一件事让我觉得很奇怪：卡尔开始在晚上也能感觉到痛了——在黑暗中。穿过"颈部"走回家的时候，我们的脚上起了水泡，那水泡会痛；那天在别人客厅烧木柴的炉子上烫到手的时候，我们的手也会痛；还有一次我们撞到了别人放在墙边的一个破旧的不锈钢水槽，那也很痛。

卡尔真的伤到自己了。我流了点血。也许我也伤到自己了吧。

我开始觉得黑暗可能无法再吸收更多的痛苦了，所以痛苦只好留在我和卡尔的身体里。黑暗中充满了痛苦，就像我们的房子里塞满了东西一样。

或许爸爸也是一样吧。或许他也在黑暗中感觉到了痛苦。但也许他以为我并没有。我不知道该如何对他讲。

⛰

尸体从盐里刨出来后，看起来和埋进去的时候已经完全不一样了。我的小妹妹的身体原本就特别小，现在就越发小了。她是那么那么瘦。也许你要是一个月不吃东西也会变成这样。我很好奇如果妈妈尝试一下，是不是也会变瘦。

爸爸再次把她放在了工作台上。那台子上依然满是深色的印记，那是上次从她身体里流出来的血，它浸润过被子，进入了木头里。地板上也有一块巨大的黑色印子。现在她身体里一滴血也没有了，正如爸爸希望的那样。

现在我们需要油和松香。我的工作是在工作室外面的野营炉上把干净的松香煮熔化。我用上了从酒馆找来的那个炖锅。爸爸说，松香一定要是液体状态才行。不要沸腾，只要是液体状态。我煮好第一锅端进去的时候，他正在往妹妹的身体上抹油。一大瓶葡萄籽油已经几乎被用空了，妹妹躺在工作台上，身上闪闪发亮。

她的身体里已经没有了血液，爸爸也已经把她肚子上那个大洞给缝上了，我觉得这很好。他从我手中接过炖锅，把液体状的松香浇在她的身上，然后用刷子刷了一遍，确保它覆盖了她身体的每一寸。

他做得很仔细，就像他画画的时候一样。我的妹妹，虽然她又小又瘦，可她躺在那里的样子突然显得很漂亮。我真希望她没死。

他给我拿来一个小凳子，这样我就能把一切看得更清楚些。这很奇怪，因为我有点想逃跑——跑上楼去，和妈妈一起躲在卧室里，或是和卡尔一起藏在废料斗里。

但另一方面，我又想待在这小凳子上，看着这一切。和爸爸一起。

我留在那里也是因为，他现在真的需要我。我的天哪，我们用了那么多的纱布。我一卷又一卷地给他递纱布。他从她小小的双脚开始，一圈一圈地缠绕着，直到把她小小的脑袋也完全包裹起来，她的整张脸都消失在了薄薄的布条下。他解释说，这是为了防止空气进入皮肤。

当她从头到脚都被包裹起来的时候，我以为我们已经结束了。但并没有。他往她身上再倒了一些松香，又继续开始缠纱布。

我们就这样一遍一遍继续做，直到爸爸终于觉得可以了。

然后他做了一件让我大吃一惊的事。他画了一幅画，一幅新的画。我已经好久没有见过他画任何东西了，而这幅画也和他之前所有的画都不一样。这画不一样是因为，它是用黑色墨水画在薄木板上的。

他把木板举起来，好让我能看见。"你觉得画得像她吗？"他问我。

我觉得不像。因为现在的她变得那么瘦，还被包得严严实实的。但她被埋进盐里之前，看起来就是这个样子。

我点点头。

"我们把这个放在她的脸上，这样我们就能永远记住她的样子了。"

爸爸放好画，又用更多纱布把它固定好，然后拿了一大块帆布包在她身上。她被裹得那么严实，真是不可思议。他还在帆布上她脑袋的位置剪了一个大洞，这样就可以看到那幅画了。

现在我的妹妹看起来就像个木制的套娃——有一次我们在韦斯特比一户人家的客厅里看到过那玩意儿。唯一的区别是，我们这个更大，而且里面只有这么一个小姑娘。

最后，我们把她放进了爸爸为她准备的小棺材里。我坐在废料斗里的时候，听到过他锯、锤、刨花、抛光的各种声音。

即使没有陌生人出现的迹象，我待在废料斗的时间也开始变得很长。仔细想想，这些日子以来，除了邮差会在栅栏旁边停下车，把我们的信件投进邮筒以外，从来没有陌生人拜访过我们。当然，到了他过来的时间，我会特别小心地藏起来。我能从洞里看见他，尽管他离得很远——在那么远的距离外，他看起来只是一个穿着红衣服的小点。我很肯定他每次都抬头看了我们的房子和这废料斗上的三个小洞。我总是屏住呼吸，像只老鼠一般安静地坐着，直到他上车离开。

但即使邮差已经走远，爸爸还是会轻声提醒我要小心，他说他有可能会再折回来，其他人也有可能看见我，把我带走。

后来，他只会和我说一个词："嘘——"这就意味着我必须赶紧藏起来。

我想我其实可以和妈妈一起藏在卧室里。要是挪动一些东西什么的，我或许可以找到个地方藏身，或自己制造出一个。但爸爸说那个废料斗更好，因为没有人会想到去那里找。我感觉他不是特别愿意我和妈妈待在一起，我也不明白这是为什么。

也许他是怕我不小心说漏嘴什么的吧。总之到最后，和卡尔一起藏在废料斗里，通过那几个小洞看着外面的砾石路，是最省心的。我可以和卡尔讲任何事，但他不会像妈妈那样抚摸我的头发，我也不能抱着他。幸运的是，我在一个盒子里找到一只棕色的大泰迪熊。它有点破旧，但摸起来很舒服。我可以抱着它。

每当我需要一点能对我的抚摸做出回应的东西的时候，我就会从兔子窝里抓上一只兔子带进废料斗里。兔子在我的手掌下移动的时候，感觉是那么柔软，那么温暖，这种感觉让我感觉肚子里装满了阳光。但我还是很害怕，害怕爸爸会注意到我带了兔子进去，因为他说过兔子必须待在它们自己的窝里，要是带进废料斗的话，它们可能会发出声音。

当我坐在黑暗中，从洞里往外看时，一想到可能有人会来我就很害怕。可与此同时，每当砾石路的那边有动静，结果却只是一只兔子或者狐狸，而不是一个人的时候，我又会感到隐隐的失望。我也不知道这是为什么。

我还留意着那些树。森林和砾石路之间的地带一直是杂草丛生的，但最近，许多小云杉树开始冒出了头。森林好像在蔓延，也许有一天它会覆盖整个岬角。那样我在这废料斗里就会很安全，在这大片森林的拥抱之中。

"她应该和你在一起。"终于做好我妹妹的棺材之后，爸爸这样说。

这样我们就能陪伴彼此了。

我们挪开了一些旧轮胎，又拿走了几个麻袋，这样她就可以躺在自己的棺材里，在废料斗里待在我的身边了。只要打开棺材的盖子，我就可以看到她。

这个棺材是我见过的爸爸做得最漂亮的一件东西。妈妈和我讲过爷爷那些著名的棺材的故事，但是它们加在一起也不会比爸爸为我妹妹做的这个更漂亮。

刚开始的时候，她躺在我旁边让我觉得有点奇怪，但慢慢我就习惯了。我们三个都在一起，这感觉还挺好的——我的双胞胎弟弟，我的小妹妹，还有我自己。我们都是死人。

只不过我只是被别人以为死了而已。

亲爱的莉芙：

　　今天是星期几呀？你的生日过了吗？这卧室里实在是太黑了，我真希望你爸爸可以把挡在窗户上的东西弄走，可他最近不常来这里。如果你站在一个什么东西上，说不定也能够到窗户顶？可我不想你受伤。你要是这么干的话，很可能会被上面那个大收音机碰伤。

　　噢，莉芙，你每次离开的时间都太漫长了。我多希望我能够下床，能够离开这个房间，下楼，出去。请尽快把那个水桶和那块法兰绒布拿来吧，还有食物和水。我渴极了。一定是空气太干了。

妈妈

向北

厨师再过几天就回来了，酒馆也要重新开张。罗阿尔德已经完成了粉刷和修理工作，开始期待有厨师做出来的美味佳肴的香气来取代油漆的味道了。他提前一天完成了所有的工作，却莫名其妙地觉得无所适从。这或许是因为，虽然清单上的事项都已经完成了，他手中却还有一件可以继续追查下去的事情吧。他相信自己也确实该休上一天假了，都已经多少年了呢？六年，七年，还是八年？他对时间已经完全没了概念。

每当他回想过去的一年，眼前都会出现一条清晰的直线，以年终考试、学术假、各种假期和会议清晰划分。这条线总是和前几年的一模一样，和即将到来的一成不变的一年也将一模一样。而在岛上，一年的时间是一个有机的整体，在圣诞前后轻轻地将自己包裹起来，在夏天又伸展开来，与前后的年月融合在一起。时间并没有真正停止，它只是获得了一种新的速度。它成了你一个温柔的朋友，除了待在那儿，什么也不想做。

尽管罗阿尔德很享受酒馆关门时的宁静，他还是不得不承认，自己怀念老主顾们每天按时在这里出现的日子。他甚至都开始想念那位鱼饼批发商了。他每次来都待在那个摇杆老虎机跟前，直到差十一分钟吃晚饭的时候。他自己对此的解释是：从离开老虎机前的高脚凳，到停下脚踏车靠在自己家的墙上，一共需要整整九分半，而接下来的九十秒，足够他从停脚踏车的地方走到自己的餐桌前坐下，这还包括了他停下来洗手的时间。

这几乎是鱼饼批发商唯一说过的话。

对了，他还说过脆皮猪肉配芫荽酱应该被宣布为国菜，尤其如果这是他回家后吃到的晚餐。在这种情况下，他几乎无法抑制自己的兴奋，几乎要在提前十二分钟的时候就离开他的高脚凳。他说自己并不太喜欢鱼饼，但这在过去一直是个好生意，直到红军出现，用他们的想法破坏了一切。罗阿尔德一直没搞明白那到底是什么意思，他对鱼饼市场也不是很了解。

罗阿尔德还没有对任何人说起过那个孩子的事。也并不是没有机会，他最近还碰见过那个警察几次呢。但他还是没有这么做。毕竟也不是非要先找警察不可，镇上还有其他人呢。或许他可以找学校的教职工聊聊，或者到处打听打听。有一个挺漂亮的音乐老师，他还挺愿意去和人家搭讪的，可惜她最近和一个海军军官订婚了，似乎还幻想着和他生一大群孩子，就像冯·特拉普[①]一家那样。

或许他应该去问问那位退休医生，他也来过酒吧几次，总是讲

---

① 奥匈帝国著名的海军军官，也是电影《音乐之声》中男主角的原型。

着同一个笑话。医生总归是对居民们有些了解的。以他的职业而言，他当然需要对这些信息保密，但就和时间一样，保密这件事，在岛上也是不一样的。

最终，罗阿尔德决定去拜访一下岬角上的这一家人。一个人去。

他还从来没有去过那里。那地方你是不可能顺路经过的，一定是有事才会去。由于罗阿尔德可以自己修好大部分东西，他从来就不需要去找杨斯·霍尔德。

霍尔德家的木工生意——或者不管到底是什么生意吧，早就已经停滞了。他很久之前就把主岛上的那块招牌拿掉了，圣诞树也不卖了。不过，大家偶尔还是能见到这个人开车载着一大堆垃圾。据说他还会出现在垃圾场，有时也会在别人家卖二手货的时候在旁边转悠。有时候人们甚至会付钱让他把自己的垃圾运走。

罗阿尔德对那辆皮卡很好奇。那是一辆古老的福特 F 系列，早就应该报废了。杨斯·霍尔德奇迹般地让这头野兽活了下来。人们说那辆皮卡以前是他父亲的。

罗阿尔德只见过一次玛莉亚·霍尔德。那已经是好几年前的事了，在药剂师的店里。要不是她旁边坐着杨斯·霍尔德，他根本就不会知道她是谁。

他们这对夫妇很奇怪——两个人都很奇怪。他们就那么手拉手坐在那里，一句话也不说，只是害羞地笑着。杨斯·霍尔德的眼睛似乎是黑色的，深不见底。他很瘦，身材匀称，甚至可以说很漂亮——如果这个词可以用在男人身上的话。他穿着一件非常精致的象牙色衬衫。而这位妻子呢，有了丈夫做对比就显得有些丰满了，但她确实长得很美。据酒吧的常客们说,她刚来到岛上的时候还是很苗条的。罗阿尔德边排队边打量着她,看得越久便越觉得她漂亮。她嘴角那一抹若有似无的微笑让人倍感神秘。看着看着,就轮到了罗阿尔德拿药。

但最近,杨斯·霍尔德开始变得像个蓬头垢面的野人,据说玛莉亚也已经变得肥硕不堪。至少邮差是这么说的,而他可能是最后一个在岬角上见过她的人了。到现在,这也已经是很久之前的事了。

不过,邮差的话可不见得可靠。比如,他说霍尔德家每个月都会收到黑手党的信,给他们寄去一大笔现金。杨斯·霍尔德居然会和黑手党有关联,这就像是说他杀死了自己的母亲一样荒唐。对了,杨斯弑母这件事也是邮差暗示的。鬼知道他是怎么会冒出这样的想法来的。也许邮差就是比其他人更容易产生幻想吧,因为他们接收了太多的信息,看到了太多潜在的秘密,而对于这些,他们永远都只能推测,却无法证明,除非他们有读心术。

▲

要去岬角的话,罗阿尔德需要一个借口。那里并不远,只要穿过"颈部"就能到了,可尽管如此,那感觉依然像是一次远征探险。

他与杨斯·霍尔德实在是没打过什么交道,他甚至怀疑杨斯见到他会不会认识,而他总不可能毫无理由地登门拜访。他是不是应该坦白地告诉人家,有天晚上自己看到一个男孩朝岬角跑去了,想知道杨斯和玛莉亚对此知不知情呢?说不定他们也被盗了?

不,他不想把那孩子称为小偷,省得给他带来麻烦。不管那男孩是谁，他的生活已经够不容易了。再说，罗阿尔德也不敢想象该如何向那一对夫妇开口问关于孩子的事情。

或许他可以邀请他们参加酒馆的活动，然后再顺便问一句他们家有没有遭窃，不用提到那个孩子？不，那也行不通。杨斯和玛莉亚对来主岛参加社交活动没有任何兴趣。在这里的主人还是奥卢夫的时候，杨斯的确来过，但只是来帮罗阿尔德的这位叔叔修理一些小东西的，他从来没有在酒馆里坐下，更没有参加过"飞镖之夜"、夏日派对、跨年午餐之类的，或是任何人们为了有借口穿着稍微正式一点的衣服来多喝两杯而弄出来的活动。罗阿尔德甚至不确定杨斯·霍尔德喝不喝酒，再说他老早开始就已经不再关心自己的外表了。

他到底要找个什么样的借口才好去拜访他呢？

那只狗。罗阿尔德曾经提过自己想养一条狗，却拿不定主意是否能为一只动物永远承担责任。经常来酒馆看赌球的拉尔斯曾经对罗阿尔德说，欢迎去遛他那只猎犬。

拉尔斯患有痛风，走路很痛苦，而他的妻子从来哪儿也不去，还是个疯婆子。能描述她脾气的最温和的词是：像吃了火药筒。有一次邮差送一封催款信上门，被这女人扇了一巴掌之后，大家就开始管他们夫妇叫"拉尔斯和暴脾气"。人们知道她在农场的时候有酗酒的问题，但谁也没敢提起这件事，至少在拉尔斯面前不行。

那是一条德国硬毛指示猎犬。这种狗看起来就像一位年长、高贵、蓄着胡子的绅士，尽管它只有五岁，脾气还和它的女主人一样暴躁。它的名字叫艾达。

但长胡子的艾达长得非常可爱，而且强壮。拉尔斯嘱咐罗阿尔德，千万别在走出柏油路之前给它松开绳子。而罗阿尔德甚至都没能等到那个时刻——被艾达在路上拖着跑了十分钟后,他的肩膀都快要脱臼了。

快到"颈部"的时候,他又仔细回想了一番自己的使命。他也不确定自己是不是真的知道自己在做什么。但去那里遛狗应该是没问题的吧……是这样吗?他发现他不知道这是不是算侵犯私人领地。总不可能整片岬角都是霍尔德家的地盘吧?可是地界在哪里呢?有这么个地界存在吗?

罗阿尔德发现,在岛上,停滞不动的不仅仅是时间,还有物理边界。岛上世界的物理边界,在海洋划定的边界内相当自由地流动。一代又一代人以来,庄稼一直就那么在邻里之间平静地起起伏伏,土地的界碑主要存在于人们的记忆中。

要是在内陆,这可绝对行不通。

这个季节里并没有金色的麦浪,只有十一月的阳光笼罩着大地,防风林中的黄叶早已飘落,铺满了沿路田野的犁沟。

等到沥青路一路变成石子路的时候,他放开了狗。艾达一路从"颈部"跑到了岬角上,仿佛多年都没有伸展过身体了似的。很快罗阿尔德就看不见它了。

非常好。他的狗跑丢了,他在找它——这就是他的借口。他可以去问霍尔德夫妇有没有见到他的狗,还能在谈话中假装不经意地提到那个孩子的事。

"颈部"很安静。罗阿尔德从荆棘和披碱草的边缘往下看,看到几只海鸥争抢一只螃蟹。海水从两侧温柔地拍打着堤道,发出轻轻的、奇怪的亲吻声。东面是一望无际的海水,融入了远方天际线的薄雾间。西面,能隐隐约约望见内陆海岸线的模糊轮廓。他一点也不想念那里。

▲

而在他的面前,就是岬角了。它的轮廓渐渐显露出来,宽阔、黑暗、混乱。他觉得自己就像哥伦布,或者阿蒙森,正在向北探寻新大陆。他知道这很可笑,因为这里并不是未经探索的处女地,那个斜视的邮差就经常来这里。但那感觉真的很像。

他能听到狗的声音从远处传来。它在尖叫。

有动物在附近狂叫。那是我们养的动物吗？那是条狗吗？听起来像是条狗。我不喜欢。

　　我感觉不太好，莉芙。

　　我希望你能看见我此刻写下的文字。我希望你就在这里。

　　到底发生什么了？

事情发生的那一天

事情发生的那一天，我是在废料斗里度过的。那是我过得挺糟糕的一天。那天晚上，我梦见自己站在一个瀑布下面，那瀑布突然改了道。我抬头往上看，水流在我头顶上静止了，可我知道它随时都会意识到它不能继续那样吊着了，它会意识到只有海能退潮，瀑布不行。这是爸爸告诉我的。

水会往下落。

而下面的孩子呢，大概会淹死吧。

醒来之后，我试着继续幻想梦的情节，想把它变成一个美梦。我想象瀑布花了很长时间才意识到自己是一个瀑布，在水流如一床厚毛毯般倾泻而下之前，有时间退到岩石表面和它之间的安全地带。我在妈妈的一本书里读到过类似的事物：能供你站立的一个秘密房间，你可以躲在窗帘的后面。

可毕竟这只是在我的幻想里，不是在梦里。所以我也不知道我是不是真的安全了。我不喜欢这种感觉。

我一边想着那个梦，一边补好了泰迪熊身上的一个洞。妈妈教会了我缝纫，就像她教会我读书一样。有一天我收到了属于自己的针线盒，盒子是爸爸做的，妈妈往里面装了针、顶针、松紧带和线。它也和我一起待在废料斗里，就在我妹妹的小棺材旁边。

泰迪熊有时候会破洞，一破就会有白色的东西从它身体里漏出来。那东西和兔子、鹿、狐狸和人身体里的东西不一样，它是白的，干干的，软软的，我把它缝回熊肚子里之前往空中抛了一把，它看起来就像雪花。我不知道为什么泰迪熊会破洞。也许是我太经常抱它了吧，也可能是老鼠啃的。但至少它没有腐烂。

妈妈就不一样了。这可能才是我那天很难过的真正理由吧。我在爸爸的野营炉上加热了一些罐头食品，还从水泵里取了些水，拿去看她。从水泵里取水比去厨房的水池取水要容易多了。我想给她带点牛奶，因为她非常喜欢新鲜的牛奶，可是我们最后那头母牛和山羊都不再产奶了。妈妈解释说，它们要生了孩子才会产奶。它们没有孩子，公山羊也已经死了。它就那么躺在田地里，僵硬得像块木板，看起来瘦得要命。我不知道为什么我们没有把它的尸体处理掉。所有的动物看起来都瘦了，也许它们没有足够的东西吃吧。爸爸说他给了它们足够的食物，但我不是很确定……

也许是因为它们的饲料看起来也开始变得怪怪的。闻起来也很奇怪。饲料有一些被堆在了客厅，因为饲料存储间里放了家具。爸爸喂动物的间隔越来越长，他似乎也不愿意让动物出去吃草了。我能听到它们的声音。我想它们在呼唤爸爸，或者呼唤着青草。

也可能是在呼唤着我。

但没有爸爸的允许,我什么也不敢做。我也没有勇气自己一个人去牲口棚,我想,主要是因为我害怕会在那里看到什么不想看到的吧。

那天早上动物的声音比以往更加悲伤。我想我能听见马在哭。

但那天最让我伤心的还不是动物们。是妈妈。

妈妈身上也生出了好多洞,而且不是泰迪熊那种又小又干的洞,我能缝得上。妈妈身上的那些洞很大,还在流脓。我用绒布和盆子帮她擦洗身体的时候,她在床垫上挪动,我就看见了那些洞。她在记事本上向我解释说,这是因为她躺得太久,身体又太重。和妈妈的身体相比,那记事本看起来太小了,而那只笔握在妈妈手里,几乎要看不见了。

她简直是庞然大物。

可是,妈妈的身体好像已经有了变化。她躺在床上的感觉和以前不一样了,变得软塌塌的,就像泰迪熊身体里的白色填充物漏了出来但我还没来得及把它塞回去之前的样子。也许这是因为我不再像以前那样经常给她送吃的。我试过,但很难。爸爸叫我不要给她吃太多。

我再也搞不清楚爸爸到底在做什么了。他就在那里,可与此同时,你又觉得他不在。

最糟糕的是,妈妈那些洞变得越来越大,她还哭了。那天早上,她在记事本上告诉我,她让爸爸去主岛,让他去药剂师那里弄点东西来治她的疮,还有止痛药。我不理解"止痛药"那部分——你要怎样"杀死"疼痛①呢?和你杀死一个人一样吗?她的笔迹也不一样了。句子变短了,字迹也不像之前那样工整了。

最后她补充说:"最好还是找个医生。我们现在需要帮助。"

最后这行字是真的把我吓坏了。爸爸告诉过我医生的事,他们是你最需要提防的人。爸爸还说他们让人生病,干涉不该他们干涉的事情。他们把人带走。

我不敢想象他们来把妈妈带走的场景。而我呢?要是有个医生来看妈妈的时候看到我了怎么办?他会把我也带走吗?会让我生病吗?万一他杀了我呢?我可不想真的死掉。

总之我完全不明白妈妈是什么意思。

我还发现,我也完全搞不懂爸爸。我什么事情都搞不明白了。卡尔也帮不上忙。但他的存在还是挺好的,这样就有人陪着我一起搞不懂了。

我也不知道自己希望爸爸带回来些什么。我看到他沿着砾石路开车走了,消失在栅栏旁边的云杉树后面。他走之前,还从废料斗里的钱箱里拿了一些钱。那箱子里塞满了钞票,上面印着人、蜥蜴、松树、麻雀、鱼、蝴蝶等各种东西。还有小小的棕色硬币,还有稍微大一点的硬币,上面印了一位女士的侧脸,看起来有点像屠夫的妻子。

爸爸不喜欢钱离开箱子。"我们需要照顾好它,就像我们照看好你、各种各样的东西,还有棺材里的你的妹妹一样。"

我很想加上一句:"还有床上的妈妈和牲口棚里的动物。"但

---

① "止痛药"英文为"painkiller",字面意思为"杀死疼痛的东西"。

我没出声。

现在我们家的房子里也有动物了——兔子到处都是。我们最开始只有两只呀,我想象不出它们都是从哪儿来的。我们的房门总是锁着的,除了我把其中一只带进废料斗的时候,它们从来没离开过这房子。但有了这么多兔子还是有一个好处的:这样爸爸就不会知道少了一只了。

有时候我会想,要是住在房子里的兔子和外面的兔子相遇了,会发生什么呢?它们能互相交谈吗?我从来没有害怕过野兔子,但房子里的兔子吓到我了,因为它们实在是太多了。不知怎的,它们看起来比野兔子还要野。

它们还会发出噪声。要是只有一只兔子发出一点轻轻的声音,我是无所谓的,可要是整个房子都响个不停,可就不太妙了。而且这房子里发出声音的还不只是兔子,还有其他动物:晶晶亮的动物会从墙上直冲到地面上,要是不小心踩到它们还会发出嘎吱嘎吱的声音。我从来没有故意去踩过。亮闪闪的蓝绿色苍蝇在开着的罐头旁嗡嗡飞着,暗色的蝴蝶落在这堆东西后面的窗玻璃上,拍打着它们褐色的翅膀;或是落在蜘蛛网上,在上面转啊转的直到死去。还有大大小小的老鼠,全都长着很长的尾巴。什么东西总在某个地方抓挠,发出咕噜声或是吱吱声。有时候是妈妈。

我在房子里的好多地方都睡过觉:楼上我自己的小卧室里——后来我们在那里放了好多东西,我就再也进不去了;最远的那个房间——后来就很难走过去了;我还和妈妈一起睡过,但现在床已经无法再多躺下一个人了。我还在客厅睡过,在楼梯下面睡过,甚至在工作室的门里也睡过。反正我可以把羽绒被带到任何地方去。

但现在,我几乎总是和卡尔一起睡在废料斗里。这里很安静,最多有几只小老鼠在晃来晃去。是小的。我喜欢小的。但我永远也不会原谅想吃掉我妹妹的那只。

一天的大部分时间里我都在睡觉。白天的光线很刺眼,照得人眼睛疼,只有和黑暗混在一起的光线才不会这样。

我喜欢在月亮出来的时候出门,那时,黑暗会自己发出光来。或者我会用我的手电。我有各种尺寸和光线强度的手电,搭配了各种规格的电池。但每当我坐在废料斗里的时候,我都会点燃一根蜡烛,把它放在一个小灯笼里。

我喜欢看着火焰跳动。

要是废料斗的舱门半开着,或者有气流从爸爸弄出来的某个洞里进来,那火焰就可能会变平,或是自己旋转着上升。平常它就围着蜡烛芯跳舞。我试着想象火焰像松香一样变硬,这样数百万年以后人们会发现它,咬咬它,然后说:"没错,这是个古老的火焰,它以前是一团火。"而孩子们还可以看到里面古老的蜡烛芯。

但我也不能完全躲开光线,不能完全躲开阳光。爸爸已经开始派我去森林收集更多松香了。我把树里的液体弄出来,装在小桶里,尽量多带些回来。他再把小桶里的松香倒进大桶里。

"我们需要更多,莉芙。再给我多弄些回来。树不会介意的。多在几棵树上凿洞吧。我们需要更多,还需要很多很多。"

我不知道他要这么多松香干什么,但我不介意,因为他又开始

179

和我说话了——即使只是叫我去取更多松香。他不和我一起去森林，这让我很伤心，因为我觉得那对他有好处。我喜欢待在森林里，可我想念他。没有了爸爸，森林就不一样了。

好处是他又回到了工作室。他真正做点什么东西，总比他在那里感觉却不在要好得多。有一天他去科尔斯特德取东西，我进工作室看了一眼。我很高兴看到他已经把工作台四周整理好了，这样他就更容易在里面走动了。那里有一大堆木板，我能闻到新鲜木材的味道。太好了，我笑了起来。这让我想起我喜欢的东西。

但我还是感到不安。因为没过多久他就带着一大堆垃圾回来了，我还瞥见一袋纱布和几罐葡萄籽油。

每样东西都太多了。

几天后，当我意识到他在做什么的时候，那感觉就不再美好了。它超级大，比他为我妹妹做的那个要大上好多好多倍。

事情发生的那天，我坐在废料斗里，缝着我的泰迪熊，心里想着那些洞、妈妈、瀑布、钱、兔子、医生、松香和凝固的火焰。还有爸爸做的棺材。

那天早上，我听到一声尖叫。

那声音听起来，不是猛禽，不是猫头鹰，不是一只獾，也不是一个刚刚看到新生儿死亡的人。我从来没听到过有人像那样尖叫。但我敢肯定那是一只动物。我敢肯定那是一只狗。

心中有个声音告诉我，它一定是被陷阱困住了。只不过，我们的陷阱不是那种会让你尖叫的陷阱，即使在白天也不会。有一次，一只狐狸的爪子被卡在了森林边上的一个兔子网里,它并没有尖叫。它只是动弹不得。我想,我们找到它放生的时候它还没有被困住很久。我切断绳子的时候,爸爸用外套盖住了它的头。狐狸跑走的时候有些一瘸一拐的,但我想它是高兴的。我们对动物还是很好的,我们不吃狐狸。

可这个声音,这是一只动物非常痛苦的时候发出的声音。我用尾骨都能感觉到。当我知道有人或动物在经受痛苦的时候,我就会感觉到一阵从上到下的刺激感,一直到尾骨。那感觉就像我的肚子在自己把自己往下拉扯,一直扯到背上,再往地上扯。我看到妈妈身上的疮的时候也有这种感觉。

要是卡尔有一个真正的身体,我相信他也会有和我一样的感受,毕竟我们是双胞胎嘛,所谓你中有我我中有你。我们已经融合成一体了,至少我是这么看的。我的一部分是个小男孩,而他的一部分是个小女孩。他在某种程度上还活着,而我在某种程度上已经死了。我们的小妹妹就不一样了,她肯定是死了。但至少她在这里,就在我身边。这让我很开心。

那声尖叫很可怕。

然后我想起了爸爸新设置的那些陷阱。那些陷阱是为了不让我们不想见到的访客靠近,或者至少在有外人来的时候提醒我们。爸爸没有让我看到所有的新陷阱。他只是告诉我它们在哪儿,命令我永远不要靠近它们。他和我说这些的时候看着我的样子能让我感觉到,他是非常严肃的。

我当然知道,沿着砾石路有三个陷阱。如果你绕过栅栏,沿着路往房子这儿走,你很快就会被一根线绊倒,然后引发房子周围的几个罐头发出声响。但被线绊倒可不会很疼,对吧?至少那种疼痛不至于让人尖叫。再说我也没听到罐头的声音。

你如果成功避开那根线,走到更远的地方就会碰到另一个陷阱。爸爸在路上挖了几条浅沟,用薄纸板盖住,上面再盖上碎石、树叶和松针。你一旦踩到了纸板上,脚就会马上陷进沟里。这个可能会有一点痛,所以你有可能会叫出来。但这也会让附近一棵树上的垃圾发出声音。那声音是用来警示我们的——特别是我,好让我有时间躲起来。

要是你来到了房子的前门附近,在一般人都会选择的那条通往前门的路上,还有另一个陷阱。那也是一个壕沟,你掉进去以后,附近树上的一根树枝会划过你的脸。不过,你可能没法在不被发现的情况下来到这里。

爸爸和我都很清楚那三个陷阱的确切位置,所以我们不会掉进去。他把小皮卡车停在离砾石路稍远一点的地方,就在房子前面那个陷阱的对面。他开着皮卡车靠近陷阱的时候,会把车子的一半开到草地上,这样陷阱就会正好在两边轮胎的中间。我从那里走过的时候,会绕过某一棵云杉树,这样就可以避开它。这是最安全的办法。而且不管多黑,我打开手电都能找到那棵云杉,因为它比其他树要高很多,树梢附近还有一根树枝是伸出来的,在天空下很容易看见。栅栏附近的那个绊网也很容易避开。

你只要别沿着这条砾石小路走就可以了。但这件事只有我们知道。爸爸即使只是开着小皮卡出去很快地跑一趟,在经过后也总是要把栅栏合上。他说他不想冒险。如果你不小心,如果你让任何人靠近，就有可能出现各种问题。

总之，就像刚才说的，我并不知道其他的那些新陷阱到底是什么。我只知道，回家的时候永远不要走向左绕过刺柏丛的那条路，也不要走到灌木丛前面那些高大的桦树之间，不要走房子南边灌木丛里的小路。这条砾石路是通往我家的最明显的路，你不能走这条路，也要避开刚才说的那些路。

在农场院子的周围，也有一些地方是爸爸不允许我去的。在成堆的东西之间，他告诉了我几条可以走的路线，还说要是我不按着这些路线走，就有可能造成非常严重的后果。我不知道会有些什么样的严重后果，但我可不想它们发生，所以我总是严格遵照爸爸的指示——除了带兔子进废料斗这件事。我遵照爸爸的指示，也是因为他说这些话的时候看我的眼神。从这个我能看出来这些都是非常重要的事情。

现在那声音从尖叫变成了号叫，在我脑子里回荡。我屏住呼吸，从废料斗的窥视孔往外看。我的心怦怦直跳，跳得我都能听见。

然后我发现了它。那是在刺柏丛那边，有什么东西在动。看起来像是一条狗，一条很大的狗。但我只是在它倒地的时候瞥到了它一眼。

我们应该要善待动物的。我就对动物很好。狗也不可能来把我带走。但它有可能咬我。我有点怕狗，因为它们有牙齿，也因为我相信爸爸也有点怕狗。我敢肯定他总是避免到任何有狗的人家去，因为狗可能会弄出声音。

183

没错，我们是去过保险推销员的家，因为他那条身子很长耳朵也很长的狗，只要我们给它几颗水果软糖，它就不会发出任何声音了。不过即使它想，我都很怀疑它能不能做到从门边的窝里跑到食品储藏室。但它会不停地摇尾巴，而我们应对的诀窍就是马上给它的尾巴套上一只又长又厚的袜子，这样它摇尾巴的时候即使尾巴拍在地上也不会发出声音了。有一次，我们忘了走之前把袜子从它的尾巴上取下来，据说狗为此闹个不停，爸爸几天后在邮局排队的时候听到了这个故事：保险销售员在酒吧给别人看了那只袜子，结果大家发现那是药剂师的太太给自己老公织的那双袜子的其中一只。于是药剂师指责保险推销员偷了他那双无价之宝的袜子，保险推销员则反唇相讥，说药剂师虐待了他的巴塞特猎犬。另一只袜子还在我们手上。我们得把它看好了。

然后我突然想到，那狗的号叫声在主岛上也有可能听到。也许爸爸不管在哪儿都能听到。如果好多医生听到了，他们可能会跑过来，让我们生病，把我带走。

我必须让这号叫停止。

我的弓就在这废料斗里，离我很近。我放下泰迪熊，去拿弓和箭袋。一切都准备好了。不过我的弓最近都没怎么派上过用场，因为我们不再吃靠弓得来的食物了。爸爸说，吃罐头食品要容易得多。但我还是会不时练习一下。

我向刺柏丛跑去时，发现自己哭过，但已经不再流泪了。我的眼睛有一点刺痛。也许是日光的缘故吧。

我的心还是怦怦直跳，但身体的其他部分还是受我自己控制的。

我静悄悄地跳过长满青草的土丘,在到处生长的小树间穿行。这地方就像是矮人国的森林。我妹妹可能会觉得这些树很高吧,但我跑的时候能越过树看到远处。我每跳一下,箭袋就轻轻拍打一下我的背。这箭袋是我用四只野兔的皮毛自己做的,我还自己弯好了箭头,磨好了箭尖。我爸爸教会了我一切木头能做到的事,他看着自己小女儿做这一切的时候,脸上全是笑。

那只狗侧躺在那里,号叫声变得又尖又长,好像力气要用尽了似的。但它还是在叫着,那声音就像冰锥刺进了我的耳朵。

我惊恐地看着它的后腿,它以一个十分扭曲的角度瘫在草地上,小腿被卡在一个金属怪物里,那玩意儿像是被一根铁链固定在草地和树枝下面的某个地方。虽然这里的草长得比较高,但在刺柏丛和树之间有一条天然的通道,这也是爸爸不允许我去的地方之一。那金属怪兽宛如一副巨大的牙齿,咬住了狗的后腿。狗很努力地想要把自己的腿挣脱出来,可每试一次,大牙齿似乎都反而更深地陷进了肉里。阳光下它的血是那么红。阳光实在是太强烈了,而它流的血也太多了。我从来没见过这么红的血。

我尽力了。我尽了最大的努力想把那金属牙拔出来,但还是没有办法。我还试过用树枝把它撬开,但树枝被折断了。那金属太坚固了。

我又哭了起来。我看着那只狗侧躺在那里,看着我。我看了看它的牙齿,它被淹没在了白色的泡沫中。它的舌头软绵绵地耷拉在草地上。不管它多害怕,这只狗都不会咬我的。它太想得到帮助了。

它的胸部在我面前起起伏伏，号叫声仿佛就是从那里面发出来的。我退后一步，准备瞄准。我用上了我最好的一支箭。

我确定我一箭能正中它的心脏。我看着它的眼睛，有那么一瞬间，狗和我合二为一了。

然后它便死去了。

我还没有想好下一步该做什么。我也没时间去想了，因为号叫声刚刚停止，我就听到了喊声。

"艾达！"远处有人喊道。是一个男人的声音。"艾——达——"我跑得比什么时候都快。我非常想直接跑回废料斗里，但我不敢，因为那个人可能会看见我穿过空旷的区域，再说我也不知道我还有多少时间。所以我决定，跑到离我比较近的森林边缘去。这样我可能藏身在高高的树中间，万一他要跟踪我，我还能在森林里甩掉他。不管他是谁，都不可能像我一样熟悉森林。我找到了一个地方，可以让我完全隐藏在松树枝丫下，又能俯瞰刺柏丛的方向。现在我能看见他了。他穿着一件大大的绿色外套，脖子上挂着什么东西。那可能是狗绳。那可能是他的狗。

我敢肯定我以前见过他，但想不起来是在哪里见的。那条狗我倒是从没见过。我希望他对他的狗很好。不过主岛上的人可能不像我们对动物那么好，因为他们对人不是特别好。

我尽量不去想正是我爸爸做了那个金属陷阱，但我没法不去想。

要是这个人是个医生怎么办？但爸爸肯定不会……艾达又是谁呢？是那条狗吗？我都没注意它是不是母狗。但它是有胡子的，灰色的胡子，接近白色。我希望那是条老狗。

我能看到，那男人现在跪在了狗的旁边，还对它说着些什么。他摸了摸它，给它擦了擦嘴，又试图用手撬开那副金属牙。然后他轻轻拔出了箭，把脸贴在狗的胸膛，又再坐起来，看着它。他看到了我刚才用来撬金属牙的那根树枝，也试着用它撬了撬，还把树枝撬断了。他摇了摇头。

我想他在哭。

我看到他站了起来，用袖子擦干了眼泪，久久地注视着那条狗。接着，他弯下腰，捡起我的箭，又盯着看了很久，仿佛是在检查它。我希望他会认为这是一支好箭。我花了好大工夫才做好的。

然后他站了起来，看向我们家的方向。从他站的地方可以看到那个废料斗，还有那后面的木头建筑，那是工作室和白色房间。白色房间有一扇小窗户，但我知道透过那窗户什么也看不见。如果从工作室的左边看过去，他可能会看到我家房子的屋顶。那里有一丛云杉和桦树稍做遮挡。砾石路正是从那些树旁绕过，消失在房子和工作室之间的转角处，再后面就是院子了。不得不说一句，这些日子以来，院子几乎已经被堆满了。

我不知道他为什么没有沿着砾石路走。他本该路过那段栅栏，看到我们的标志牌后要么转身回去，要么沿着路一直走到房子前面。那样的话他就会碰到绊网，警报声就会响起……想到这里，我意识到他是循着声音过来的，循着那狗号叫的声音。那只狗一定是走了条弧线，避开了栅栏的砾石路，朝圣诞树那一片和森林北部跑去的。它可能是在追一只野兔子。我知道在我藏身的地方附近有一个兔子窝。

我还在想，如果踩到那个金属陷阱而尖叫的不是那只狗，而是那个人，会怎么样呢？那样的话，我是不是也会一箭射中他的心脏，让他别再叫了？

爸爸是不是还做了一些这样的陷阱呢？

我希望那个男人回去。我满心希望他能带着狗离开，尽管我并不知道他要怎样才能办到，因为狗被陷阱困住了，而那陷阱是固定在地上的。我还希望他不要带走我的箭。

他把狗留在了那里，拿起我的箭，朝废料斗的方向走去。

我犹豫了一会儿，然后利用森林的掩护，跟了上去。

莉芙，噪声停止了。现在非常安静。

这让我思绪万千。

我浑身都疼。是那些疮，它们像是着了火一般地疼。还有我的手，主要是右手。

现在我写字很困难。

也许我开始相信上帝了。我想要有些什么可以信仰，有某个人可以信仰。我相信你。

那是人的声音吗？

一塌糊涂

罗阿尔德见过一个捕狐狸的陷阱，那是个恶魔般的装置。而这个……这比那个还要可怕百万倍。有人以捕狐陷阱为基础，将它加以改进，变成了你能想象的最恶毒的折磨工具。那金属齿几乎把狗的小腿都给夹断了，难以想象这样的陷阱会对人造成怎样的伤害。它的大小足以夹断一个成年人的腿，更不用说小孩的了。要是他看到的那个在黑暗中向北跑的孩子踩到这陷阱怎么办？

罗阿尔德一想到这里就不寒而栗。他吞了一下口水。听到艾达的号叫时，他感到喉咙被什么东西哽住了，这东西现在让他几乎快要窒息。真是可怜的狗。

还有可怜的"暴脾气"家的拉尔斯。他该怎么和他说呢？

他甚至都没法把艾达的尸体带回去，除非他找到个什么能用来切断金属链条的东西。那玩意儿似乎被固定在了一段地下的树根上。谁会特意去做这么残忍的事？也许对"暴脾气"家的拉尔斯来说，割断狗的腿会更仁慈一些，至少这样他就不必看到那陷阱和它所造成的伤害了。

但还不止这个。这里不是只有陷阱。还有那支箭。

为什么这只狗的心脏被箭射穿了？这支箭显然是精心手工制作的，连最微小的细节都十分用心。

他必须找到霍尔德，才能得到一个解释。是杨斯·霍尔德自己弄了这么一个陷阱吗？他肯定是有这个技术的，但他是否也有一颗如此残忍冷酷的心，不光造出这么个东西，还真的会用呢？设下这么一个陷阱的人的心一定是石头做的吧？

那是人心中的恶意吗？杨斯·霍尔德是个邪恶的人吗？从人们对杨斯的议论来看，恰恰相反，他应该是一个善良、乐于助人的人，应该是温柔的化身。而在那温柔的背后，显然埋藏着失去双胞胎的孩子的悲痛欲绝。他或许是一个极度内向、极少开口的人，但那并不意味着他是个内心深怀恶意的人呀，不是吗？没错，他是一个惊惶不安的人，退回到自己的世界里，从情感上和空间上都不让人接近。

但他会设陷阱吗？还是这样卑鄙、残酷的陷阱？

罗阿尔德抬头看向霍尔德家。它由几幢建筑物组成，其中一幢的前门有一个合上的大废料斗。邮差曾经多次提到过这个废料斗，煞有介事地形容杨斯·霍尔德是如何把黑手党寄来的钱藏在里面。甚至可能还有比那更可怕的事情。在所有酒馆的客人中，只有邮差除了红色乐堡啤酒以外不喝别的，但他还是欠了一些酒钱。不过，虽然他为人有些古怪，但他还是最有趣的一个客人，罗阿尔德可不想见不到他。对于这废料斗，其他人只是提出了一些沉闷又无聊的观点,说霍尔德一家大概只是终于决定丢掉一些他们囤积在岬角上的东西了,而这个决定实在来得太是时候了。

除了邮差,本就没什么人会去谈论杨斯和玛莉亚·霍尔德,再加上发生了他女儿溺亡的事故,对多数人来说要聊到他们就变得更为难了。一片狭长的土地并不足以把悲剧隔离开来。消化悲剧需要时间。

罗阿尔德不确定是不是应该先上那条砾石路,沿着它一直走到房子那儿。但最后他还是选择了一条直路。不管选择哪条路,遇到更多陷阱的风险肯定是一样的,所以他每走一步,都分外留意脚下的路,看着自己的脚该落在小树、长满草的小土丘和树枝之间的什么地方。

他只停下来了一次,那是在有只兔子跳过他身边往森林里去的时候。他实在是太想逃走,想跑回"颈部"的方向,但他知道自己别无选择,只能继续向前。

关于厨房里那个小男孩的记忆依然在他脑中挥之不去。

靠近废料斗的时候他才看到它有多破旧。根据邮差的说法,它可能非常便宜,应该也不是租的,毕竟它在那里都那么久了。它有倾斜的侧壁,顶上有舱门。

罗阿尔德绕过了它。废料斗和它后面的木结构建筑之间有两三米的距离,但到处都是垃圾,所以实际上并没有什么空地。最近的舱门并没有上锁,他打开它往里看了看。废料斗里面装得满满当当,看起来毫无疑问全都是垃圾。

邮差的古怪设想看起来应该不大可能是真的了。

他或许应该先去比较近的建筑,沿着废料斗走到房子边上,但在那木制房子的另一头,正对着森林的小小窗户引发了罗阿尔德的好奇心。他决定先去探索一下那窗户后面有什么。

在木桩、轮毂盖、油布和散乱的木柴堆之间,他只能凭着感觉迈步。他一刻不停地祈祷着,千万不要有一副金属牙突然咬住他的脚。

但他原本是可以避免这些麻烦的。在玻璃窗后面,仿佛有人用成堆的书本和挤在一起的垃圾堆成了一面墙,即使世界上所有的光都聚集在墙外,也无法穿透它照进屋子。小小的窗台上,在玻璃杯和一个烤盘中间,挤着一把落满灰尘的梳子,上面还缠着金色的头发。它旁边的东西曾经是一株植物,现在已经了无生气。罗阿尔德决定绕着房子靠近他的这一头走一圈。他朝云杉的方向瞥了一眼,好像看到有什么东西在动。他停了下来,眯起眼睛,却看不清那到底是什么。他想到手中还握着那支箭,突然感觉自己暴露在了危险之中。这支箭可就是在不久之前射出的。

和他在农场院子里看到的景象相比,木屋后面的情况就根本不算什么了。垃圾到处都是,堆成了一个小森林。他盯着眼前的一切,感受到了深深的震撼。一个红色的青贮饲料收割机被堆到了天上,这画面让他联想到恐龙在史前废墟中翻找。

"恐龙"并不是这里唯一的动物。看到一只老鼠向钢管冲过去时,罗阿尔德打了个寒战。微风吹过时,四处都会响起微弱的声音,那是风吹起什么东西,或是吹动什么东西撞上另一样东西的声音。一块透明的塑料在一个木托盘下面飘动,一卷厕纸中间的纸筒在一个生锈的铜壶前铺开。他右手边的这座木结构建筑其实相当漂亮,那美感却被周遭的环境给掩盖了。他旁边有一扇门和一扇窗,再远一点的地方是另外两扇窗和一扇门。农场院子的尽头,主屋矗立在清晨的阳光中。房子被刷成了白色,但墙漆脱落严重,几乎都看不出来它曾经被粉刷过。客厅的窗帘拉得严严实实,但二楼还有另两扇窗户,它们瞪着罗阿尔德,仿佛瞎眼的动物,漆黑的眼睛上蒙着一层乳白色的翳。

要想去前门,似乎并没有一条直路可以走,他必须在成堆的杂物间迂回前进。农场院子对面的牲口棚传出一些动静,吸引了他的注意力。那是一幢石头建筑,和木结构的主屋一样破旧。波纹铁皮屋顶已经长出一层厚厚的青苔,即使这样它看起来也完全不防水。他们真的会把动物养在这里面吗?

罗阿尔德决定绕过这些垃圾堆,走到牲口棚一侧的半扇门那里去。那门的上半部分已经没有了,他在黑暗中看到了一匹马。那是一匹花斑灰马,它的脖子和脑袋都太瘦了,就那么挂在马厩边上,仿佛是被一根看不见的绳子勉勉强强固定在了那里。一阵微弱的呜咽声从它的鼻孔里传出来。他听到棚里还有更多的动物,有的在动,有的在呼吸,有的在吱吱叫。他完全没有进去查看的欲望。那种刺鼻的臭气意味着,已经很久没有人给它们清理过了,并且里面有些动物已经死了。

牲口棚后面又传来一阵可怜的声音,他走过去想看看是怎么回事。声音是从鸡舍传来的,那里有一只没剩几片羽毛的孤独的公鸡在试图和他交流。它的眼睛看起来毫无生气,可能是因为它正看着地上死去的伙伴们——五只皱成一团的鸡。它们的眼睛和它的一样空洞。他看到一只狐狸试图打洞钻过去,但鸡舍似乎被保护得很好,足以抵挡狐狸的入侵。要是让这些鸡就这么突然死去,也许才是对它们的仁慈。

鸡舍旁边还有一块田地,但那上面唯一能动的东西只有几只乌鸦和三只黑色的塑料垃圾袋,每当有风吹起的时候,塑料垃圾袋便懒洋洋地在秋天的草地上打滚。远处还躺着个什么东西,可能是一只死去的有角动物吧,也可能只剩下残骸了。总之它就在那儿躺着,一动也没有动过。

罗阿尔德沿着田地走着,路过了水泵和倒着放的独轮手推车,跨过了几块大石头和旧浴缸,来到房子背面。那里有一根晾衣绳,上面挂着的一份旧报纸在风里飘来荡去,还有几张破旧不堪的发黄的床单。旁边有一丛生机盎然的蔷薇,它的枝干迎风招展,向触须一样,等待着下一张破烂的床单。这里相对开阔,树木没有那么密集,所有风有点大。

房子的一侧是一扇带窗户的门,窗户的一部分被一块布条遮住了。里面很黑,但他觉得它应该通向食品储藏室之类的地方。

他犹豫了一会儿。他是不是应该四处走走,敲一敲门呢?他应该这么做吗?不得不说,这个地方看起来都已经荒废成了这个样子,他做什么应该也就无关紧要了吧。他用手挡在眼睛上方,脸贴在窗玻璃上往里看。眼睛适应了黑暗之后,他发现了酒馆储藏室丢失的那副冰柜用的手套,它们就放在一堆他十分熟悉的气泡膜上面,旁边还有他从桑德比的五金商那儿买来的那卷油布。这给了他一种奇怪的感觉——他是有权进去的。

他伸手握住了门把手。门是锁住的,他敲了几下,倒也并没指望着会有人来应门。敲完后他退后几步，环顾了一下四周。钥匙一定就在这里，在某个地方。总会有那么一把钥匙放在门附近的，不是挂在什么东西后面的钉子上，就是在花盆下，在一块石头下面，或者在横梁上。

他在花盆下找到了钥匙。

他很是费了一番力气才打开这扇门。铰链发出可怕的嘎吱声——它实在是该上油了。门廊上，一只毛茸茸的动物从他的腿边擦了过去，把他吓了一大跳。他的视线一直跟着那动物一蹦一蹦地跳进了草丛里，终于发现那不是只大老鼠，而是只兔子。他松了口气。

一只温和的兔子？会不会是什么人的宠物呢？他应该试着抓住它吗？他还没想明白这个问题，兔子便消失在了草丛和垃圾堆中，再也看不见了。这倒是帮他做了决定。

房里的空气比他踏足过的任何一所房子都要闷。

而更可怕的还是里面的气味。那是一股恶臭。那味道凝结在他鼻子里，它融合了灰尘、霉菌、腐烂的东西、化学溶剂，还有……恐怕还有……尿和粪便。他将门大大地敞开，不然人在里面根本待不下去。现在，有一点阳光照进了房里，他也能看得更清楚一点这里到底藏着什么。所有你能想象得到的品种的罐头食品随意堆放在一起，或是塞在箱子里，有一些还被收缩膜包装得严严实实。还有一包包的麦片、饼干、面包、薄脆片。根本不用去查看包装上的保质期你就能知道，这些东西都过期好久了。所有视线范围内透明包装的面包上都长了绿霉。罗阿尔德拿起那双来自酒馆的手套，老鼠屎从手套里纷纷掉落,像是一阵干雨洒在气泡膜上。他赶紧松开了手。

他轻轻按下电灯开关,它发出微弱的咔嗒声,可门那边那颗裸露的灯泡却并没有亮起来。他发现一面墙旁有一个冰柜,这下他算是知道了这房子里最可怕的味道是来自哪里了。

冰柜一侧的小电源灯没有亮,但他毫不怀疑里面有食物,因为那腐肉的臭味实在太可怕了。

冰柜上面堆满了东西,包括一台重达一吨的巨型旧电视机。罗阿尔德发现自己根本不可能打开冰柜确认自己的判断,这让他松了一口气。电视机上的灰尘很厚,他根本不愿去想这冰箱已经断电多久了。

他又思考了一会儿自己是否应该离开。他真该赶快回到科尔斯特德去找警察和兽医。要是兽医过来,不光能看看牲口棚里的动物,还能帮帮死去的艾达。罗阿尔德已经没有力气去帮助陷阱里的狗了,他急需另一个人来接手。他发现之前那支箭已经不在自己手上了,他一定是把它落在了外面,花盆旁边。

这一切太让人无法置信了。世界上不可能有人过着这样的生活,可这里肯定是有人的,比如那个男孩,因为他最近偷来的赃物就被锁在这个房间里。

但射出那支箭的人又是谁呢?

杨斯·霍尔德和他的太太又去了哪里?动物们都没有人照料,房子里也似乎一片漆黑,无人打理,像是被废弃了很久的样子。可他们也不可能是搬走了,因为那样的话邮差肯定会知道的。

这时,罗阿尔德想起了自己曾经在酒馆接过的一个电话。那是新年午餐的时候，他们正吃着鲱鱼，所以他没怎么注意，再说那时候他可能也已经有点醉了。但电话那头的人问起了杨斯·霍尔德，可能还提到了他的母亲什么的。罗阿尔德只记得这些。

第二扇门是通向房子内部的，或许是厨房吧。他不确定是不是有打开它的勇气。不，还是不要打开了。他下定了决心，是时候请专业人士出马了。虽然在过去的半小时里，探究那个神秘男孩的行动并没有什么实质性的进展，但毕竟作为一个普通人，他能多管的闲事也是有限的。

不过，在回去的路上，或许敲敲前门也无妨。他很确定根本不会有人应门的，所以这个动作主要也就是为了让他对自己有个交代，能够告诉自己至少他试过了。他确实去试了，心不在焉地试了。

于是他开始转身离开。可就在这时，他听到了那些声音。他之前一直忙着呼吸，忙着在忍受恶臭的同时保持清晰的思路，听觉一定是暂时冬眠了。但现在他听到了。他周围有什么东西在爬，在抓，在咀嚼。在他面前的架子上，一包玉米片在轻轻地移动，声音特别大。

罗阿尔德盯着那包玉米片。现在他还听到了微弱的吱吱声。是田鼠吗？一想到房子里可能到处都是田鼠，他就心惊肉跳。老鼠他倒是不怕，可田鼠？天哪，这可不行。

他又朝外面的门迈了一步，可一个突然而至的让人不安的念头让他停住了脚步。如果里面有人呢？罗阿尔德曾经有一个朋友，就是没把隔壁公寓的寂静和堆积在外面的垃圾邮件当回事，对了，他还无视了那里面传出来的恶臭——毕竟大家都有权拥有自己的隐私，他是这么想的。后来人们发现隔壁房间的老人死在了客厅的地板上，已经死去三周了。他是在爬向电话机的途中死去的。为了这件事，这位朋友永远也无法原谅自己。

杨斯·霍尔德会是倒在里面死去了吗？他的太太呢？里面到底有没有人呢？而那个男孩在这一切中扮演了什么角色？他是谁？他是如何被搅进来的？

罗阿尔德摩挲着自己的下巴。他决定勇敢一些，至少站在这里喊一声吧。

于是他便这么做了。

一句最普通的"你好"？

他注意到，在那么一瞬间，所有的声音都停了下来，但马上又重新响起。

他又喊了一声："你好，里面有人吗？你——好——"

他的声音听起来比他实际的感受要放松得多。

第三声"你好"喊出口的时候，那些声音的来源已经习惯了。一个黑影从架子上的罐头旁闪过——一个小小的黑影，谢天谢地。既然只是老鼠，就还好。一只小老鼠……要是鼩鼱就更好了。

根据水管工的说法，鼩鼱和老鼠其实没有任何关系，而是一种鼹鼠。

"你——好——"

除了动物的反应外，他并没有得到其他的回应。或许他还是离开的好，是不是呢，还是应该去厨房看看呢？

▲

这次跑出来的两只兔子并没有使他的神经放松下来。他觉得它们像是一直埋伏在厨房的门后等着，然后找准时机飞快地从他身边跑过，穿过食品储藏室，跑进阳光里，穿过田地。罗阿尔德关上了门，却说不上来为什么。难道是害怕从他无权进入的房子里放出太多东西来？太多宠物？

栅栏那儿有一块牌子写着"禁止擅闯"，可看在上帝的分儿上，他刚刚在这附近失去了一条狗，还死得那么惨烈，再说他的花油布被放在了这里的储藏室，这给了他充足的理由进来。他有权知道到底是怎么回事。

牌子上写的是"禁止擅闯"还是"禁止进入"？他突然产生了怀疑。

厨房里光线十分昏暗，朝向农场院的那扇窗户上挂着褪了色的棕色窗帘，那窗帘拉得严严实实。不过尽管这样，还是有那么一丝阳光穿透了窗帘布，在房间里投下一道奇怪的金光。这里的气味和储藏室里一样难闻，罗阿尔德只得一直捏着鼻子。厨房里也有一个冰箱，天知道里面装了什么东西，他也完全没有兴趣进一步查看，毕竟他进门的时候就试过门边的电灯开关了，发现这里的灯也不管用。

在这里，他要移动同样非常困难，因为到处堆着各种箱子、乱七八糟的东西，还有各种各样的垃圾。要走到厨房另一边的那扇门是不可能了，因为那门被一扇发动机零件挡住了。罗阿尔德猜想那扇门应该是通向门廊的，这与前门的位置正好契合。

一把伞在这时候倒是派上了用场——他就用这把伞越过一堆垃圾，够到了那窗帘，推到一侧，好让更多阳光照了进来。可眼前展现的景象让他立刻后悔了：无处不在的布满灰尘的蜘蛛网就像一层黏糊糊的灰色薄膜覆盖了一切，上面还有已经死了的、垂死的、仍然活着的蜘蛛和蟑螂，以及各种各样吓人的爬虫，从地板到天花板都有。

厨房里有一盒打开的什锦甘草糖，它清新的颜色和简单的形状点亮了这个地方。它倒似乎是最近才被放进这里的。他最爱的是粉色椰子轮，不过味道其实和黄色的也没有什么区别。墙上有一张褪了色的海报，画的是不同种类的鱼，全都用同样死气沉沉的眼睛盯着他。移步之前，罗阿尔德往地上看了一眼。地上还有更多糖果，一袋只剩一半的酒胶糖扔在花盆里，似乎还有人把一袋咸甘草糖球撒在了地板上。

咸甘草糖？真是不同寻常。

他弯腰仔细看了看，发现灰尘中他原本以为是哈瑞宝软糖的那些东西其实是兔子屎。到处都是兔子屎。三只兔子真的能产生这么多粪便吗？

四只。

因为他站起身的时候不小心踢到了一个轮毂盖，这又让一只兔子从自己的藏身之处跳了出来，消失在右侧那扇半掩着的门外。那扇门大概是通向客厅的吧。

越来越多的声音从四面八方传来，音量也越来越大。

他打算再去客厅看一眼，然后赶紧离开这鬼地方。这一切都太可怕了，很难消化，但最困扰的还是一件事情：要是真在这房子里发现一具尸体，他不知道自己是否能承受。最好还是把警察叫来。这里的空气也很可怕，令人窒息，而屋里厚重的灰尘也让他一直很想咳嗽。而在内心深处，他知道那只狗不久之前刚被人用箭射死，而射出那支箭的人，当然不太可能是个死人。

201

但良知迫使他继续向屋里查看，就在走之前最后再快速看一眼。他小心地把门又推开了一点点。没错，门那边就是客厅。或者说，那里曾经是客厅。

房间的另一头是一扇朝南的窗户，窗户前面杂七杂八的东西堆成了一堵墙。阳光试图穿过这堵杂物墙的缝隙照进房间，可浓重的灰尘却让它成了一道道微弱的影子，苍白而无力。

罗阿尔德感觉自己像是走进了个不见天日的地下矿井。他正站在一条狭窄的通道里，通道周围的东西堆在一起，乍一看上去也就是一团漆黑的样子。他试着辨认起暮色中慢慢浮现的轮廓，那里面又有雨伞，有个猫头鹰标本——至少他希望那只是标本吧。好几处垃圾都已经快堆到天花板了。他向前走了一步，看到一架倒在地上的钢琴，还有一尊半身石膏像，一个倒置的沙发，一个裁缝用的假人，一个餐桌，还有酒桶、衣服、塑料袋、纸板箱。他继续往前走，陆续出现在眼前的也还是这样的东西。面前又出现了几条可以落脚的通道。

天花板上挂着的那个东西让他目瞪口呆——好像是一棵叶子都掉光了的树。一棵悬挂的云杉？那是圣诞树，他看到上面的星星了，还有纸折的心形装饰。树上的这些小饰物有的快从光秃秃的树枝上掉下来了，有的则已经掉了下来。他走近的时候正好又掉了一个。纸折的心形看起来没有什么颜色，这有点怪怪的。不过话又说回来，这里面这么黑，即使有颜色也看不出什么来。地上云杉的针叶在他的鞋底发出沙沙的声音，这唤起了他的听觉。那声音，他周围到处都是抓挠和小跑的声音。

他得出去，必须现在马上出去。他已经穿过客厅走了一段了，方向或许正是朝向门廊的,他可以继续朝着这方向走。这条路总不会比从冰箱和冰柜前穿过还要糟了吧。罗阿尔德暗自咒骂起自己来:干吗非要好死不死地在这房子里走这么远呢?一开始干吗非要进来呢?

眼前的路被一个巨大的帆布口袋堵住了。他试着把它推向一边,三只受惊的兔子跳了出来,消失在黑暗中。他想挪开那口袋,于是把它从地上拿了起来,结果感觉到袋子里的东西从底下的一个洞里流了出来。他放下袋子,缩回自己的脚,看了看那东西。流出来的动物饲料在眼前的通道上堆成一座小山,而那个空了的帆布袋塌了下去,斜斜倒向一边。

他跨过饲料山,沿着狭窄的通道继续前进。他觉得有必要伸手扶住两边鼓鼓囊囊的垃圾墙,以作支撑,因为他可不想有什么东西掉下来砸在他头上,可与此同时他也不想碰任何东西。一想到将有老鼠在自己的手掌中爬过的触感,他就浑身一激灵。最后他向两侧伸出了双手,却没接触到任何东西,只是随时做好抓住些什么的准备。

真是怕什么来什么。

或许是刚才移动那个口袋的时候让它撞到了什么东西,总之他身后有什么东西塌了。一阵各种物品如瀑布般倾泻、滚落、碰撞的声音把他吓得原地跳了起来。他转过身,看到房间一侧的垃圾墙整个塌了下来。那只猫头鹰掉了下来,一个笨重破旧的收音机从边缘滚落,同时还拽出了另一边的什么东西。一些硬纸板滑了下来,还有一个口袋……一缕微光于是得以照进房间,但只有一缕。

他脑海中突然出现了雪崩的画面。还有泥石流。会不会所有的东西都从身后砸下来,把他活埋在这里,然后窒息而死?

这时候，兔子们出现了。它们从每一个洞里、每一个角落、每一条裂缝里跑出来，惊慌地四处逃窜。罗阿尔德捂住脑袋尖叫起来。

现在他面前的通道稍微宽了一些。他有两条路可以走，一条是沿着中间的通道跑上楼梯，一条是沿着左边的路穿过门廊，走到前门……

他猛然停了下来。

兔子们三五成群地凑在一起，大部分都钻到了楼梯后面的角落里，一辆卡丁车的下面。噪声终于消失了。

他这才意识到并没有什么雪崩，不过是一起小小的垮塌事故。所有掉落的东西都已经落到了它们新的位置，而在它们后面，在一束终于得到解放的阳光下，那棵枯树悬在空中，像是个沉默的见证人。

罗阿尔德观察了一下四周。由于平台上有一扇小窗户，客厅的这一端光线要稍稍好一些。这里一定是在房子的东面。

随后引起他注意的是客厅和厨房之间的一小段墙面。那里的踢脚板下面有一个边缘参差不齐的大洞，一定是住在里面的毛茸茸的"居民"咬出来的。一根电线从墙里伸出来，外面包裹的黄铜被咬破了，这让它看起来就像只迷糊的毛毛虫。洞口前面的地板上，绝缘材料的碎片和粪便与散落的墙纸碎屑混在一处。楼梯旁边的墙上也有类似的情况。罗阿尔德简直不敢想象，要是把墙都拆了，还会有多少惊人的景象等待着被发现。电线被咬成这样将带来巨大的火灾隐患，而这座房子在彻底塌掉之前，还能承受多少啃噬与撕咬呢？

他的沉思被一只在地上蹿来蹿去的田鼠粗暴地打断了。

"出去！"他指着墙角发出指令，好像指望那田鼠能遵命似的。

那家伙消失在了另一个方向，尾巴尖端却还是从一只防水长筒靴的后面露了出来。

他就是在这时听到了那个声音。

二楼传来了一阵敲击声。那不是动物发出的声响，也不是鸟儿啄木头的声音，不是风吹起什么东西发出的撞击声。那是一个人，是一个人希望被听到的声音。

上楼的过程简直是噩梦，就是那种你在梦里想要赶快跑却无论如何都只能慢动作前进的那种噩梦。也许是灰尘拖慢了他，是沉重的空气，是那股恶臭。罗阿尔德的肺太需要新鲜空气了。但他不得不选择上楼。他并不想被闷死在这里，可与此同时，作为一个体面的人，他也无法就这么走开。

那个男孩很可能就在楼上，他需要他的帮助。

走到二楼走廊的时候，罗阿尔德看到最近的房间里有光在闪动。声音就是从那里传出来的。他往那里走去，路过几只兔子，它们把身体紧紧贴在几根长长的铁梁上。

罗阿尔德从未见过膨胀得如此巨大的人体。她躺在床上——至少罗阿尔德认为她是躺在床上的。床上堆满了东西：笔记本、书、纸盘子、烤盘、编织物、蜡烛、火柴、纸杯、脏兮兮的毛巾、破洞的毯子、残羹剩饭、老鼠屎——他不由得祈祷，可千万别是什么其他的东西……然后就是女人巨大的身体。他几乎看不到那张床的样子。

空气已经够让人窒息了，可她的身体散发出来的臭气更加让人无法忍受。那非常明显是屎尿的味道，还有腐烂的气息。罗阿尔德好不容易才忍住没吐出来。

她的右手里有一把伞,她正用这把伞猛敲床头板。他意识到敲击声就是她这样做发出来的。

看到了站在门口的他后,她放开了伞,肥硕肿胀的胳膊落在床上摊着的一些编织物上,看上去十分疲惫。

床头柜上摆着成堆的书籍和纸张,这些东西顶上还有一个烛台,点燃的蜡烛在里面噼啪作响。可在罗阿尔德心中,找到光源的喜悦马上便被看到这房间里状态的震撼给取代了。

主要还是躺在他面前的这个女人。她的情况非常糟糕。

"你是玛莉亚·霍尔德?"他问道。他对自己的声音感到陌生。或许是因为灰尘吧。

她缓慢地点点头。

"我……你,我……这真是……"罗阿尔德发现自己无法正常思考了,"我是罗阿尔德·詹森,是科尔斯特德那家酒馆的老板。"他终于说出了这么一句。

女人的五官在那张巨大的脸盘上显得是那么不起眼,但他还是看出来她试着摆出了一个友好的笑容。他也毫不怀疑她在哭,尽管他只能从女人脸上的两个黑洞里勉强辨认出她的眼睛。在摇曳的烛光下,她的皮肤是灰色的,鼻子在一侧面颊上投下一道怪模怪样的阴影,像是只颤抖的小动物。

"你需要帮助?"他问。她又点点头。

"我去叫人来。但你的丈夫呢……杨斯·霍尔德呢?"他的大脑重新开始工作了。

她用左手拿起一个记事本,把肚子上那本小说推到一边,开始写字。他看见《包法利夫人》滑进了一个烤盘里。

罗阿尔德走上前去,想看清上面的字。换句话说,他跨过了好多东西,好不容易才来到一个够近的距离。

她写的是:"马上来。需要药。需要医生。"对她来说,写字显然是一件极其吃力的事。从散落在各处的字条罗阿尔德能看出来,她以前并不是这样。字条上有些手写字体是漂亮的草书,有些则没有那么好看。而现在,她的笔迹已经变得像孩子的涂鸦。

"嗯,我会赶快……"

她又写:"救救莉芙。"然后用恳求的眼神盯住他。

他一边点头,一边在想她是不是写错了。她是想叫他救救自己吗?

"我保证。我会……我会尽快回来的。小心别把蜡烛碰倒了……"

她做了个手势,想表明她还需要在他走前给他更多的信息。她显然非常疲惫虚弱。他突然想到她可能很长时间没有水喝了。

"小心陷阱。"

他点点头。不用说他也会小心的。

"想让我在走前给你倒点水吗?"他焦急地问。他瞥见她身后的墙上有一幅画,上面画着两个孩子。

她摇摇头,又开始写字。她在"救救莉芙"的后面加上了一个"先"字。她的肺里发出了一种类似呜咽的声音。

"三个人全都需要帮助。"

罗阿尔德实在受不了这恶臭了,他必须在自己吐出来之前赶紧离开。他好像知道了床边那个桶子里放着的是什么——它旁边放着几张卫生纸和卷起来的毛巾。他不敢开口说话,只是点了点头,然后转身向门口走去。是在强烈同情心的压制下,他才终于没在回到客厅前吐出来,而回到客厅后,他也吐得尽可能没有任何声响。他吐在了一个纸板箱里,至于箱子里原本装的是什么,他也不知道。

三个人?她的意思是,那个男孩是他们的孩子吗?他应该先去救谁呢?

罗阿尔德走到前门,使劲推开,门板撞到了墙上。他从来不曾像现在这样,如此迫切地需要新鲜空气。他走到户外,让阳光重新渗透到身体发肤的每一寸,将十月的空气吸进自己的肺里。

突然,他看到了一样东西,似乎是个箭袋从牲口棚那边的浴缸后面冒出了头,一小簇整洁的羽毛箭尾在他眼前一闪而过。这是个偶然的发现,罗阿尔德眯起眼睛,想看得更真切些。

"喂,你!"他大喊道,"浴缸旁边那个,我看到你了!"话音刚落,一个孩子从浴缸后面飞快地跑了出来,脚步之快,仿佛身后跟着紧追不舍的魔鬼。他沿着牲口棚绕了半个圈,朝木屋尽头和森林的方向跑去。罗阿尔德就是从那边来的。那孩子穿着棕色和橙色相间的毛衣,箭筒挂在身后,随着他的脚步上下跳动着。

罗阿尔德认出了他——他就是那个酒馆厨房的不速之客。

从他所站的台阶顶上,他能看到有一条更短的路直接穿过农场院子。如果他沿着这条路,经过那个青贮饲料收割机,他就有可能追上那孩子。

有人来过了

你会得救的,莉芙

我爱你们俩

太爱了

噩梦

那是从他在牲口棚后面烧了他母亲的尸体之后开始的,杨斯·霍尔德的那些噩梦。

他先是梦见艾尔莎带着一个老师、一名警官和一位医生回来,把莉芙带走了。他忙着打扫牲口棚,发现的时候一切都太迟了,只看到他们上了停在农场院子里的一辆大轿车,绝尘而去,在砾石路上扬起的尘土就像一阵浓雾。杨斯跑进了这片浓雾,出来的时候他已经来到岬角和"颈部"的连接处,可陆地却消失了。海水淹没了整个"颈部",他无计可施,只能眼睁睁地看着汽车在主岛的阳光里渐渐远去,直到消失。

从梦中惊醒的杨斯做的第一件事就是冲进了海里,感受着海水灌满自己的肺。

从那以后,他的噩梦变得越来越复杂。

那些人总会回来:他的母亲、医生、老师、警察。渐渐地,他们的面孔变得越来越模糊,变成了他不知在何处见过的路人。这些人的共同之处在于,他们都想要把对他最重要的一切都夺走。

在有一天的梦里,他出门去了种圣诞树的地方,回家时,那些人把一切都带走了,他们带走了莉芙、玛莉亚、他养的动物、他家的房子、他的各种物件,所有一切都不在了。他看到一些人跑开了,他便去追赶,但什么也阻止不了他们。他总是被各种东西绊倒:长满草的小土丘、根须、突然拔地而起的树木,可其他人面前却毫无障碍。他们从未被绊倒过哪怕一次。这让他们之间的距离拉得越来越大,他们总能顺利回到主岛。每次他跑到"颈部"的时候,那里都会被海水淹没。他独自一人,被遗留在一片荒岛。

有一次的梦境特别可怕。那一次这些人都穿着白大褂,想带走玛莉亚。杨斯夜晚去主岛"取"完东西回来后,他们已经在她的房间里,站在她周围,手里握着锯子和手术刀,用巨大的灯照着她。他们说要把她带走,好"帮助她"。但她太胖太重了,没法从房门运出去,所以他们只好把她切成小块带走。他们一直向杨斯保证,一旦他们把她带出这幢房子,带到远离杨斯的地方,他们就能帮助她。

梦境中杨斯总是很想睁开眼睛,却无论如何也醒不过来,也无法在梦中阻止他们。他们已经割下了她的头,放在床头柜上。玛莉亚用她美丽的眼睛看着他,用唇语对他说她爱他。尽管嘴角带着笑,她却在哭。她还在床上的四肢还会不时抽动,仿佛在抗议被人割断。她并没有流血。她就像一件瓷器。她的手和胳膊的剩余部分靠在门框上,手里还紧紧抓着那支笔。

然后他们把她的躯干也切成了小块,他恳求他们不要碰她的心脏。"我们会好好照顾她的,"他们不停地说,"我们会比你照顾得好得多，杨斯·霍尔德。"

他们把她运出房间的时候，他一直盯着他们。他们是一块一块运的，还允许他来负责搬她的头。"我爱你。"他对着她的耳朵低声说。她的头很重，重得可怕，但最可怕的是，在他们把玛莉亚的身体搬下楼的时候，那身体开始分解。杨斯走在一个医生的后面，那医生拿着的是她的右腿，他眼睁睁地看着那条右腿碎成一片片。她身体的其他部分也是一样。她的心脏从一块肢体残片中掉了出来，滚下楼梯，滚到了楼梯平台上，像一只充气蘑菇被慢慢泄了气。最后她的头也开始分解了。杨斯抓不住她。他望向自己指缝间她的那双眼睛，直到它们也消失不见。她就这样化作了尘埃。

"好吧，那我们就把你女儿带走好了，"他们说，"对了，她还有兄弟姐妹吗？"

又一次，这些入侵者带着他们的猎物消失在了"颈部"附近，杨斯却根本无法阻止。他一会儿被这个绊倒，一会儿被那个缠住，仿佛大自然的力量也一起联合起来对付他，它们挡住他的去路，还吓唬它。森林、大海、动物们……全都不再是他的朋友。

入侵者们肆无忌惮地跑着。

他只是想阻止他们。

杨斯醒来的时候，总是满身大汗，泪流满面，而这些噩梦即使在他醒着的时候也让他痛苦不堪。过去发生的一切和未来可能发生的一切如虫蚁般噬咬着他的心。最后，他已不再能分辨噩梦与现实。

邮差

那天早上，邮差的心情特别好。他不得不承认自己有些紧张，尽管现在这季节可没有蝴蝶①。

他要跑一趟岬角了。

这是有史以来第一次，那个"M"寄了挂号信。邮差当然对寄信者为何突然要多付邮资感到惊奇，但他更对终于有机会一解心中好奇感到兴奋。他现在当然有理由去询问霍尔德寄信者的身份了——很可能那根本就不是黑手党呢，尽管他很希望能继续这样认为下去。

寄给杨斯·霍尔德的那个大包裹上的落款是"M——生活的发明"，他尤其想知道这和那个"M"是不是一回事。这家公司的地址在内陆东海岸，信和包裹上的邮戳也都是来自东海岸的——邮差当然已经查看过了。不过话说回来，黑手党可能在各处都有社会关系，所以这

---

① 英语中，"butterflies in one's stomach"（肚子里有蝴蝶在飞舞）是"紧张"的意思。

只能证明他的想法并不是那么牵强。

邮差在栅栏附近停了车,然后下车,打开后车厢的门。包裹就在那里面,那封挂号信则放在包裹上。

包裹很大,长宽都是七十厘米左右,高不到二十厘米,邮差只好双手捧着它。他首先想到,这可能是个马桶圈,但它太重了,应该不可能。他有一种感觉,里面的东西应该是圆的。方形包裹里面的东西通常都是圆形。

越过那个"禁止进入"的牌子的时候他尤其开心。嗯,这只适用于闯入者——他自顾自地想。他显然是可以进去的,因为他给他们带来了一封挂号信,还有一个大包裹。

他需要他本人签收。

他必须拿到签名才能离开岬角。邮差在标牌处向右转,期待又略带紧张地望向那户人家。如果幸运的话,他说不定还可以看到玛莉亚·霍尔德。他非常想知道她现在变成什么样了。

还没走上两步,他就被人叫住了。有人在他身后大声喊:"喂!你!"他停下了脚步。那声音里有一种侵略性,他不怎么喜欢。他转过身,看到杨斯·霍尔德正大步朝他走过来。"你要去哪里?你不认字吗?我们不是都说清楚了的?"

邮差呆立在原地。他不习惯别人这样对他说话。好吧,那位"暴脾气"也会习惯性地爆发出斗鸡般的脾气,甚至有时候还会动手,但杨斯·霍尔德从来没有对任何人提高过嗓门,至少从来没对邮政工作人员这样过。

"是没错,可是……"

"过来,"霍尔德咆哮道,"你有什么要给我?"

邮差极不情愿地退到了栅栏的后面。他生气自己没有早点出来送信,因为那样的话他就有可能有机会单独和他的妻子聊天了。他实在是太想知道霍尔德家里到底是什么情况了。

"我这里有你一封挂号信和一个包裹,"他回答道,"都需要你签字。我就是因为这个才——"

在好好看了杨斯·霍尔德一眼后,他没再继续说下去。霍尔德手里提着七八个装得满满当当的大塑料袋,尽管十一月的天气并不炎热,但是汗水却顺着他的前额流淌下来。还有他的胡子和衣服。邮差已经很久没有近距离看到过霍尔德了。这个男人看起来很可怕。

"你为什么没开你的小皮卡车出来呢,霍尔德?你不是通常都会开的吗?"

"皮卡车坏了。停在南边那条路上了。我只好下车走回来。"

"老天,那你走了很远呢。"

"把信给我。"霍尔德放下袋子,命令道。邮差瞥见其中一个袋子里有一样白色的东西。他小心翼翼地把信和包裹放在栅栏附近的树桩上,把签收本和笔给霍尔德递了过去。收信人怀疑地瞪了他一眼,才在本子上愤怒而潦草地签下了自己的名字。

"对了,'M'是谁呢?"邮差用他最讨好的声音问出了这么一句,他不想让这个机会从他指尖溜走,"你经常收到这个人寄的信,现在又来了个包裹,所以我猜——"

"没别的事的话,再见了。"杨斯·霍尔德打断了他,把签收本和笔递了回去。邮差默默期待霍尔德会当场打开那个包裹。

"不用我帮你拆开包裹吗?我带了美工刀……"

215

"我也带了。"杨斯·霍尔德的声音里依然是那种拒人千里的冷淡。说完，他双手叉腰，盯着邮差，脸上的表情除了威胁很难有别的解释。

"那……再见了。"邮差只好走回自己的邮车。他倒车的过程中，杨斯·霍尔德就那么一动不动地站在那里。直到邮差的车开到通往"颈部"的路上，他都还能从后视镜里看见霍尔德。他看起来就像个野人，一个疯狂的野人。

邮差并不是一个天生爱评断别人的人，但他一直有一个想法，认为杨斯·霍尔德对自己的母亲做了些什么，甚至可能把她给杀了。说不定她的尸体就被藏在了那个大废料斗里？他之所以会冒出这个想法，是因为有一天他和桑德比的渡船船工聊了会儿天，知道了艾尔莎·霍尔德在圣诞前并没有坐船回主岛。要说谁敢说对什么事情有把握的话，这位船工对他的乘客绝对是熟悉得不能再熟悉的。但他对邮差的怀疑完全没有兴趣。实际上，根本就没人在意邮差的怀疑。

但是话又说回来，也没有其他人见过杨斯·霍尔德看向栅栏时的样子。那是一个藏着秘密的男人。要不然，他为什么要有这样的威胁行为呢？

不过，最让邮差失望的，还是他没能像自己期待的那样，获得任何可以在酒馆与人分享的消息。尽管他还是有一条八卦的。

"M——为生活而创造。"

可这还不足以让他得到别人的重视，甚至不足以让任何人来听他说话。其他人总是嘟囔着说，就让霍尔德自己默默疗伤吧。他们还说人有点古怪也是正常的。

M

杨斯·霍尔德一直等到邮车消失在自己的视线里,才把注意力转向那封信和放在树桩上的那个大包裹。

他首先拆开的是那封信。信装在一个带衬垫的米黄色信封里,里面和往常一样装着个普通的白色信封,那是装现金的。他看了一眼白色信封,抽出来,打开了它。一切如常,只是这次的信寄了挂号而已。

而且这一次,白色信封旁边还塞了一张叠好的纸。

他慢慢地把那张纸拉出来,马上感觉到那张纸很厚,上面有高档的纹路。拿到阳光下后纸张就变成了象牙色,摊开后他还看到上面有水印。

水印是公司的名字。而且这不是一张纸,而是两张纸钉在了一起。

是他哥哥的笔迹。

亲爱的杨斯：

不可否认，我们已经很长时间没有见面了，而这都是我的错。所以，提笔写下这封信，对我来说并不容易，但我希望你能以开放的心态来读它。

我也希望你能接受我每个月寄钱给你这件事。我寄的都是现金，因为我觉得你更喜欢这种方式，再说这也是更谨慎的方式。我也不想造成什么麻烦——尽管我能想象当年我的离开给你们带来了多少麻烦。我不知道你能不能原谅我，但我希望有一天你会的。

我相信你的生意做得很好，你的家人也从来不需要我的支援，但我认为这是我最起码能做的，因为我逃避了我的责任。我坦率地承认，我这么做也是为了我自己。是的，我正是为了想要做些补偿，好让自己的良心稍稍得到些安慰。但这并没能让我的良心真正好受多少。

留下你一个人面对困境，对此我永远也无法原谅自己。可我没有办法，我必须逃离。也许你当时也感觉到了，我没有办法在岬角上生活。我太想出去看一看闯一闯了。我无法忍受永无止境的工作和责任，尤其是妈妈的期望，这一切让我感到窒息。这一切造成了我的幽闭恐惧。我们太与世隔绝了，而我有太多的事情想做，那是和这岛上的生活不一样的事情。我想去看看城市，我想创造。而你只想守着那些树。

你还变得太过于安静了，杨斯。当然，我无法责备你，我永远也不会因此责备你，因为我知道爸爸的死对你的打击很大。可尽管如此，我还是暗自生你的气，因为我太需要和你聊聊天。我想念你，尽管我们一直都生活在一起。我无法忍受这个。

当时的情况是这样的：有一天我和一个来岛上度假的人聊天，他是内陆来的工程师，对我的创意很感兴趣。当时我每次离家很长时间，就是去找他了。他让我去他的公司工作，但一开始我是拒绝的，我觉得我不能离开你。但有一天我还是离开了。他的名片一直都在我的口袋里，我没敢给你看。

那是一份非常好的工作，而且工资起点就很高。时机成熟后我就开始自己创业了。我们用金属和钢铁做了很多东西，主要是文档归类工具之类的。但我最成功的产品还是——你做好思想准备噢——是机械圣诞树支架。我挣了很多钱，所以还去了奥地利，在那里创立了子公司。

在那段时间里，我找了个信得过的员工每个月给岬角上寄钱。据我所了解的情况，她尽职尽责地完成了。现在我回来了，和这位值得信任的员工订了婚。我们住在城里一套很棒的公寓里，但我们还是在考虑搬家，并且真正建立家庭。幸运的是，我的未婚妻年纪比我要小一些。

我必须承认我是真的开始想念自己的家人了，想念你，还有妈妈。我常常想到你们。只是真要和你联系却实在太难。

有一次，我终于鼓起勇气，给科尔斯特德的酒馆打了电话。我想接电话的是新老板——我猜奥卢夫已经不在那儿干了——不过也可能接电话的是个客人吧。总之,他们当时正在吃新年午餐。我没有告诉他我的名字,只是问了些一般性的问题。我知道人们喜欢说闲话,而就像我最开始说的,我不想给你添麻烦。我听说艾尔莎已经不在岬角住了,但她圣诞节来看了你,听说已经又离开了。

那之后没多久,我在一次晚宴上碰巧坐在一位女士旁边,她问我姓什么。她告诉我她认识一个叫艾尔莎·霍尔德的人。原来妈妈在她的一个朋友那里住了很长时间,她记得她们是表姐妹。不幸的是,她那个朋友在一次交通事故后遭受了严重的脑损伤,所以她也无法告诉我妈妈现在在哪里。她只知道妈妈肯定不再住在那个表姐家了。

但我想你肯定已经知道了,你肯定也知道妈妈现在住在哪里。还是她又回到你那里了呢?你一直和妈妈相处得不错,也能应付得了她的控制欲。我真佩服你这一点。

我想那通打给酒馆的电话带给我最好的消息就是你还住在岬角——和你的妻子、女儿一起。知道你结婚了还有了孩子,我真是为你高兴,杨斯。我真心希望你能幸福快乐。

我也想成为一个父亲。我太过于忙着发明和制造高明的设备,太晚才开始考虑成家的事。从某种程度上讲,我真希望我能像你和爸爸一样热爱大自然。热爱自然这件事有一种特别健康的特质,你身上有一种特别健康的特质,特别真实的特质。到了今天,我还怀念与木头打交道的日子,怀念森林与大海的清新气息。事实上,我太想念了，以至于我们正在考虑搬回到岛上去，即使不回岬角，也要回主岛。你觉得这主意怎么样呢？

我想去看看你和你的家人，重拾我们的关系——当然，前提是你如果愿意的话。拜托了，请你给我写信好吗？或者，如果可以的话，给我打个电话。我把我的家庭地址和电话号码都列在下面了。

温暖的祝福
爱你的哥哥，莫恩斯

附：我相信你种着全国最好的圣诞树。虽然你更喜欢木头而不是金属和塑料，但我还是想送你一个我的公司生产的圣诞树支架。我随这封信一起，冒昧地给你寄了一个。

杨斯·霍尔德把信纸折了一次，然后又折了一次，塞进衣服的内袋，又把装着钱的信封放进上衣前面的口袋。他扫了一眼放在树桩上的那个笨重的包裹，然后拿起塑料袋，在栅栏外左转弯，走了进去。

岬角上的男人

那个男人从狗身边走开的时候,我还待在森林里,一路跟着他。有那么一下他差点发现了我。他肯定朝我这个方向看了很长时间。但我马上定住,一动不动地站在那里——我是可以站着一动不动的——最后他就继续往前走了。他从"白色房间"的那幢建筑绕了过去。居然会有人不走砾石路,而是沿着那条路走,这很奇怪。我在想他是不是知道那些陷阱的事,但他不可能知道的呀。

我想他应该只是运气好吧。

但我很害怕,因为我不知道他想怎么样。爸爸还没回来,妈妈在楼上的卧室里,什么也做不了,而这个男人看到了狗的惨状,看到了陷阱,还拿走了我的箭。他拿着那支箭到处走。我害怕他是在找我。但他不可能知道我在那里。他没看见我。再说了,我应该已经死了。

走到农场院子的时候,他背对着我停留了很长时间。我知道他是在看那里堆着的所有东西。他大概还不习惯看到这么多东西集中堆在一个地方，除非他也去过垃圾场。

我真希望自己知道他到底想要什么。我希望爸爸出现，但同时又害怕他出现。但我最希望的，应该还是那个人赶快离开吧。我希望他不要踩到陷阱，也不要遇到爸爸。

但他只是在院子边上站着，背对着森林。我想他可能会朝房子走过去。我屏住呼吸，生怕他走到青贮饲料收割机那边。

如果你要从"白色房间"走到主楼的话，千万不能走最明显的那条路线，也就是从青贮饲料收割机旁边走。你得先绕过那堆烤面包的工具，以"之"字形经过牲口棚，再回到工作室，最后还要记得在走到前门附近那堆顶上摆着炉子的杂物堆的时候向右拐。我每次都记得，这主要是因为我永远也不会忘记爸爸对我解释路线时候的表情。我不知道那炉子到底有什么机关，但我有一种感觉，如果你走错了方向，它可能会从它所在的高处砸下来。

爸爸让我发誓永远也不要那么做。他说他信任我，超过信任世界上的任何人。这让我很高兴，但与此同时又有点伤感。我也不知道为什么。

那个男人没有从收割机那里走。我想他听到牲口棚里传来了什么声音，因为他突然往那边看了一眼，然后就绕着农场院子走了一圈，到牲口棚的门口去了。他在那里站了很长时间。

同时我还在想，是不是应该向他射箭。

他一动不动站在那里看着牲口棚里面的时候，我很容易就能射中他。要是我爬得离他更近一点，就更容易了，毕竟距离再近一点的话，我什么样的目标都能射中。现在我的箭术已经和罗宾汉一样好了。

但罗宾汉会从别人背后放冷箭吗?我如果射死一个男人,妈妈是不是会不高兴呢?

而如果我有机会却没有射他,爸爸会不会不高兴呢?我觉得如果是爸爸的话,应该就会射他了。

要想搞定他,你可能需要多射几箭,还得拿根大棍子在他头上敲一下。我不知道杀一个男人与杀一只动物或杀一个老奶奶有什么区别,也不知道如果我因为不习惯杀男人而没能射中他的话该怎么办。我死死地捏着手里的弓。

时机就这样被我错过了。那个男人开始在牲口棚外走来走去。他去田地里做什么?除了我们,从来没有人去过那里,而到了后来我们也不再去了。他是来偷我们的鸡吗?我不确定我们还有没有鸡了。反正鹅是早就没有了。

我一直跟着他。我不得不离开了森林边缘,也就失去了掩护。但我从树后面迅速跑到了那堆黄色自行车后面,把那当成我的新掩体。从那里,我看到他沿着田地一直走到我们房子的尽头处。房子后面是没有陷阱的。我又开始想,可能他还真的知道那些陷阱的事。

如果我跟着他走到牲口棚后面,他可能就会看见我了,所以我选择了安全的路线:穿过农场院子。在那里我总能找到地方藏身的。我擅长快速而安静地移动,即使是爬行也没问题。他去敲房子边缘食品储藏室的门的时候,我溜到了牲口棚角落的浴缸后面。我能听见他的动静,也瞥见他从门口向后退了一步。他是在找什么东西。是钥匙吗?过了一会儿,我听见他进去了,还看见一只兔子跑了出来。

我继续等待。

又有两只兔子跑了出来。

然后我听到了他的声音。他喊了一声："你好！"

然后厨房的窗帘动了一下。屋里很黑，所以我从窗玻璃里什么也看不到。

要是他发现妈妈了怎么办？

要不是妈妈还躺在楼上的卧室里，那个时候我肯定就躲到废料斗里去了。但妈妈还在楼上，所以我蹲在浴缸后面的碎石子上，盯着妈妈房间漆黑的窗户。

然后我听到房子里突然传来一阵撞击声和有人喊叫的声音。那肯定不是妈妈。是那个男人在喊叫。

不，他是在尖叫。

我觉得自己当时脑子一片空白。我只是坐在那里，动也不能动。也许我的眼泪也不能动弹了，因为我想哭，不知怎么却哭不出来。我无法让眼泪流出来，也没法叫来卡尔。他没来。爸爸也没来。

而那个男人还在房子里，和妈妈一起。他随时都有可能从后门出来。

我不知道到那个时候我该怎么办。

过了一阵子——我也不知道到底过了多久，因为我感觉好像只过了 分钟，又感觉像是过了一小时——前门开了。我是真的吓了一跳——真的跳了起来，因为我没想到他会出现在那里。我得转个身才能看到他。

后来，我怀疑自己是不是故意那么做的——我是指，移动。

总之，他发现了我。我永远不会忘记那一刻。"喂，你！"他喊。这是好长时间以来，除了爸爸之外第一次有人和我说话。

也许我应该抓起一支箭，在浴缸后面射向他。我可以一箭射穿他的心脏，这个我还是很有把握的。他站在台阶顶上，这简直是小菜一碟。

但内心深处我并不想这么做。当你自己的心跳快到你自己都能听见"怦怦"声的程度，你还怎么会去想瞄准任何东西呢？尤其是另一个人的心脏。

所以我做了另一件事。我开始跑。

我选择了牲口棚周围一条安全的路，向右转了半圈，朝着我从森林出来的那个方向冲过去。他是不可能在灌木丛里抓到我的，何况我还已经抛下了他一段。可是，尽管我知道他抓不住我，我内心还是涌起一阵复杂的感受，也并没有跑出我应有的速度。

我的心脏仿佛要从胸腔里跳出来，与此同时又好像有个人从外面想把它敲回我的体内。或者是敲打着我，想让我整个人退回去？也许是卡尔干的吧。

快到森林的时候，我停下来回头看了看那个男人。他正在向我跑来，似乎也选择了一条安全的路线，绕过了那个炉子所在的杂物堆。他嘴里喊着什么，但我听不清楚。

我唯一想到的就是，他正在向我直线跑过来，这样的话很快就要到青贮收割机那里了。

我想继续跑，但做不到。

不过一刻犹疑的工夫，我便看到那个人被绊倒了，然后被粗暴地拽了起来，拉向空中，整个人吊在收割机上晃来晃去。

头朝下。

就像在舍伍德森林①那样，我想。

他的一只脚被绳结套住，另一只则疯狂地在空中踢来踢去，双臂也不停挥舞，似乎想触到地面，但那是不可能的。绕在他脖子上的拴狗绳掉了下来，落在他身下的地面上。他整个人被吊在空中转着圈。

他看起来就像被鱼线钓起的鱼。"放我下来！"他喊道。我不知道该怎么办。

我等了很久。他继续喊叫着，我则继续站在那里，一动也不动。这个我擅长。

终于，他不再挥舞手臂了，声音也不再愤怒。他一直就那么挂在那里，就像那天挂在炉子上面的天花板上的小提琴在空中旋转。还有天花板上的圣诞树，如果你推它一下它也会这样转。

他一直和我说话，我一直不回答。

"请你放我下去吧。"

"我不会伤害你的，我只想和你谈谈。"

"你不能就这么把我吊在这儿！"

就是这么些话。

我一动都没有动。

"我和卧室里的女人谈过了。你们是亲戚吗？她叫我帮助你。"

听到这一句，我的身子微微震了一下。过了一会儿，我问："帮助我们？"我发现他听不见我说话，于是我向他靠近了一些，又问

---

① 舍伍德森林是英国诺丁汉以北的一片森林，在《罗宾汉》的故事中，这伙绿林好汉就是在那里干着劫富济贫的好事。

227

了一遍:"帮助我们?"

他点点头。这个点头看起来很好笑,因为他是上下颠倒的,身体还在旋转。他开始慢慢朝另一个方向旋转了。

转到再次面对我的时候,他眯起了眼睛。

"你是个女孩?"他问。我点点头。

"是你把狗射死的吗?"他又问。这时我的心都提到了嗓子眼。我试着同时点头又摇头。

"是的。但不是我设——"

就在那时,爸爸出现在了农场院子里。他看着我们。然后他放下手里的塑料袋,沿着工作室那边的安全路线慢慢向我们走了过来。我能看到他的脑袋在一堆堆杂物间前进,偶尔还能看到他的整个身体。他一直盯着我们这边,但我也不知道他盯着的是不是我。

我们中间还倒挂着一个男人呢,也许他盯着的是他吧。

▲

爸爸叫我在"白色房间"里腾点地方出来。我不得不清理出一条通道,才能走到爸爸通常睡觉的那张床边。那是我奶奶被杀的那张床。爸爸已经把最重的东西挪走了。

我没有问一句为什么就做了爸爸叫我做的事情。但我很害怕。我害怕那个男人会怎么样,害怕我们会怎么样。

我刚刚把挡住去路的最后一个袋子推到一边,那个男人就出现在了门口。房间很昏暗,而他背后是正午的太阳,所以我一开始看不清他。但我知道是他,因为他的个子比爸爸要大,当他向前迈了一步之后，我还能看到他脸上绑着什么东西。那东西就像是一根用布做的大香肠，被硬塞进了他的嘴里。

他没有发出任何声音。我也没有发出任何声音。

然后我注意到爸爸站在他的身后。他叫那人躺在床上。他靠近的时候，我将背紧紧地贴在一个盒子上。他看向我，我则看向别处。

他转向床的时候，我看到他的手被反绑在身后。我还能看到爸爸手里的刀。那是一把曾经割开过我妹妹身体的刀。

在内心深处，我希望这个人有一双邪恶的眼睛。但他的眼睛一点也不邪恶，现在不邪恶，被倒挂在收割机上晃来晃去的时候也不邪恶。我不禁想起了那条狗和陷阱，想起了这个男人看到他的狗的时候哭泣的样子。邪恶的眼睛是不会哭的，不是吗？

爸爸把他绑在四根床柱上，男人的一条裤腿被稍微向上拉起了一点，我在他的脚踝上发现了一道红色的凹槽，就在他袜子口的位置。那凹槽深深陷进了皮肉，还流了一点血。这景象让我的胃里一阵翻腾。挂在收割机上一定很疼。他现在一定很疼。

就在那时我才意识到，如果黑暗无法消除兔子的痛苦，那那些落入陷阱的兔子一定都经受了很大的伤害。我从好多的细网陷阱中取出过好多只死兔子，看到过那些金属丝深深陷进它们的皮毛和肉里的样子。要是它们没有马上死去呢？要是它们感觉到那些金属丝把它们一点一点勒得更紧，一点一点陷得更深，而黑暗却没有带走它们的痛苦，那会怎么样？

我仔细地看着那个男人的眼睛。当他看向爸爸的时候，它们看起来满是恐惧。当他看向我的时候，那男人就像那只渴求帮助的狗。

爸爸转向我。

"待在这里，看好他，莉芙。但不要离他太近了。如果他想逃跑，你就来叫我，"说着，他向门口走去，"我们等会儿会需要他。"

"你要去哪里？"我焦急地问。我可不想独自和这个人待在这里。卡尔一会儿在一会儿不在的，并不算数。

"我在工作室里有些事情要忙。我会开着门的。"爸爸在门口对我说。

"我可以去看妈妈吗？"

"不。我需要你待在这里。你妈妈需要一个人待着。"

说完他就走了。

怎么会有人"需要"一个人待着呢？

我从门口看着那个人。我的腰上挂着匕首，弓和箭袋也预备好了，就放在门外，野营炉的旁边。是我在"白色房间"里搬东西的时候把它们放在那里的。

那个男人就那么躺在那里。

他试图咬着那布条香肠说话，但只能发出一些奇怪的声音，我根本听不懂，于是他也就放弃了。我想，如果他能把想说的话写下来应该也不错，但这样我就得松开他的一只手，我又不知道他是不是左撇子。我可不想冒险把他的两只手都解开。

我们发现我是左撇子，妈妈和我一起发现的。她自己是右手写字，但她说左右都没有关系。为了证明这一点，有时候她自己也会用左手写字，写的全都是大写字母。说不定这个男人也是左右手都能写呢？这样的话我松开他的哪只手就无所谓了。但我还需要一些可以用来写字的东西，而那些东西都在楼上，在妈妈那里，而爸爸不许我去那里。后来我又想起爸爸不让我松开他的任何地方。

我知道我不该给那个人松绑，但是卡尔来了，他想要这么做。

他一直缠着我。

突然，我毫无征兆地哭了起来。那个人看了我一眼，发出了点响声。他动了动右手的手指。

我看着他的手指，哭得更厉害了。然后我就去了工作室。

爸爸也在哭。

他坐在那个大棺材的边缘，他带回来的塑料袋散落在周围。几卷纱布从袋子里滚了出来。工作台那边有几罐油，后面还有三袋盐。

他没有尖叫，也没有号叫。他静静地抽泣着，就像我刚才那样。眼泪滴到他的胡子上，我想那胡子一定又湿又重。

他看到了我，向我伸出手来。他有一双漂亮的眼睛。邪恶的眼睛是不会哭的。

我慢慢地走向他，走得足够近的时候，他伸手抓住了我的衣袖。他把我拉到跟前，用胳膊搂住我。我侧身站在他两腿之间，他那湿答答的胡子弄得我脖子很痒。

我们都哭了。我不太明白为什么我会哭，但也许主要是因为我不知道他为什么哭吧。

隔着毛衣我都能感觉到他的手温暖又温柔。他已经很久没有这样抱着我了。我猜这也是我会哭的原因之一吧。也有可能是因为这棺材。

"有件事我们不得不做。"突然,他轻声说道。

我一动不动地站在他的怀抱里。

"我必须帮助你妈妈,莉芙。"

我没有说话。

"我们希望她好好的,对吧?"

我点点头,看着正前方,看向工作台。我能看到一袋盐和一罐油。

"而且我们希望她和我们待在一起。我们想留住她,对吧,莉芙?"

我又点了点头。但这点头只是暂时的。我是真的很想留住妈妈,但我不确定我现在是不是应该点头。

"我害怕要是我们不做点什么的话,就会失去她了。我们也是唯一能做到的人。"

"帮助她?"我问。

"嗯,帮助她。"

"那那个男人呢?"

"他没法帮助她。但他能帮助我们帮助她。"这让我完全听不懂。

我意识到我们都已经不再哭了。我脖子里面感觉很厚重,外侧则觉得湿漉漉的……在爸爸的胡子擦过的地方。

"但是要怎么做呢……"

他过了一会儿才回答。

"她还不够……不够小……我们还没法把她从门里弄出来。我想我们最好是在楼上做,这样她就可以和她的那些书躺在一起了。

那样很不错，你觉得呢？"

我又点点头。

"然后变干？"我看着那些装盐的麻袋，小心翼翼地问。

"没错。"

"然后变小？"

"对，就是这样。"

"这样过几周，直到我们可以……"

"嗯。你得帮我清理松香。还有，我想我们得去把从药剂师家外屋拿来的那个大玻璃瓶拿过来。它应该就在面包师那堆东西那里。但我们有的是时间，莉芙。我们有世界上所有的时间。她需要先洗澡，她的盐浴。"

"可是，那个男人呢？"

"他可以帮我把浴缸搬到楼上去。我一个人搬不动，而你虽然很强壮，却还不够强壮。所以啊，从某种意义上来讲，他来了真是我们的运气。我原本还一直在想我该怎么做……"

说到这里，他停了下来。

"但那个男人呢？做完这些之后呢？他会离开吗？"

爸爸犹豫了一会儿，然后说："是的，他之后会离开。"他的声音听起来很奇怪。

"那他最好小心砾石路上的那些陷阱。"我说。

"嗯。"

"我是不是应该告诉他陷阱都在哪里？"

"嗯……你可以。"

我能看出他想再说些什么。

233

"你知道他为什么来吗,莉芙?"

"嗯。他在找他的狗……就在……"

突然,我的喉咙一紧。我有件事必须要问爸爸,关于那条狗,关于那深深咬进它的腿、让它尖叫哀号的陷阱,关于那长着可怕牙齿的陷阱。

但我问不出口。

我又开始哭起来。

"他是一个人来的吗?"

我点点头。眼泪不断从我的眼睛里喷涌而出,就像两条不断流淌的小瀑布。

爸爸把我拉得更近了一些。

"别伤心。你妈妈不会有任何感觉的。我有一些药片给她,它们会在瞬间带走她所有的痛苦。药片会见效得很快,而之后她就会好很多了。我想她需要这个。"

他还说她需要一个人待着。

我不想妈妈独自一个人。我想要和妈妈在一起。"可是那样她就只有一个人了?"

"不,等到她准备好了,她就会和我们一起生活在楼下。她不会哭,不会生病,也不会挨饿,她再也不会痛了。你还是可以给她读书。你知道吗,莉芙……"

他抚摸着我的头发。

"……她还是可以听见你,因为她的心还在。"

他把手伸进棺材,掏出了一样东西:"而且我们还能看见她。"

我目不转睛地看着那幅画,那是有史以来最美的一幅人类肖像画。我目不转睛地看着妈妈。她在微笑。

爸爸毫无征兆地站了起来,我往后退了一步。我不知道该怎么办。我不能哭。卡尔紧张地在门口徘徊。我能看出来他想逃跑。

爸爸看起来比以前任何时候都要高大。是他画了那幅画。

也是他设下的那些陷阱。

而现在我们要杀了妈妈。

"来吧,莉芙。"他说。我跟了上去,虽然我一点也不想。

我们先是回到了"白色房间",那个男人那里。他躺在那里一动不动,四肢直直地大张开,嘴巴被塞住了。他的手腕和脚踝都被绳子与床柱绑在一起,那些绳子绷得很紧。爸爸进去的时候,他微微抬起头看着我们。

爸爸只是瞟了他一眼,随后便把我拉到外面去,关上了身后的门。

"你留在这里望风,莉芙。他没法逃跑,但你要保持警惕,必要的时候用你的弓。我去房子那边,挪开一些东西,这样我们就可以把浴缸搬进去了。"

"我想和妈妈说话。"我含着眼泪,低声说。

爸爸弯下腰,看着我的眼睛。他的脸离我很近,我能感觉到他的胡子和帽檐。

他的一双眼睛悬在我的面前,像坚硬的黑色石头。它们不再哭泣了。它们甚至都不再闪着光。它们不是爸爸的眼睛。它们是石头。

"不行,"他说,"你留在这里。我马上就回来。"

我不知道他走开了多久。我只知道太阳已经照到了房子的烟囱上。一点云也没有。天空又大又蓝。

化蛹

杨斯·霍尔德递给她药片的时候,烛光并没有照进他的眼睛。他的另一只手上是一杯水。

玛莉亚只看见他的手。他的手抖得厉害。

她点点头,慢慢张开了嘴。她的嘴角都裂了,她又渴又疲惫。

她感觉到他的嘴唇在自己的前额停留了一秒。它像蝴蝶一般颤抖着。

接着他便又消失在了黑暗中。她听见他下楼的脚步声,重物在楼下的地板上拖动的声音。他呻吟的声音。

或许他在哭。

她找到了放在身边的那个笔记本,以及她最后的一点力气。

我想是时候了

俘虏

嘴里的布条深深嵌进了罗阿尔德的嘴角，他只有用鼻子使劲深呼吸，才能勉强抵挡住恶心想吐的感觉。房间里的空气也是如此令人窒息。他必须保持专注，必须忽略难闻的气味，珍惜氧气，至少现在他还能呼吸到氧气。要是不能集中精神，对窒息的恐惧就会将他压倒。现在要是吐出来的话，他可就死定了。要是他刚刚痊愈的感冒卷土重来，把他的鼻子给堵上，他也死定了。打喷嚏呢？嘴里塞着布条的时候人还能打喷嚏吗？这个喷嚏一定会冲爆他的喉咙，把他呛死吧？他必须一刻不停地提醒自己记得呼吸氧气。空气中还有氧气，他还能自由地把氧气经由鼻子吸进身体。他试着深呼吸，想让心跳慢下来。他试着去思考。

"三个人全都需要帮助"——玛莉亚是这么写的。事情也确实是这样。

罗阿尔德很担心她和那个小女孩，但此时此刻他最担心的还是杨斯·霍尔德。他的精神问题到底发展到什么程度了?他会杀人吗?

"我们等会儿会需要他。"他这句话又是什么意思呢?一方面,这让罗阿尔德有了一线希望——他不会被杀死,至少不会马上被杀死。而另一方面……需要他?

需要他做什么呢?

罗阿尔德想了想科尔斯特德的人。有谁知道他到岬角来了吗?不,他没有告诉任何人。苍天啊,他怎么会没告诉任何人呢?哪怕和警官打声招呼、给厨师留个字条也好呀。

要是他今天没能回去,会发生什么呢?人们什么时候会开始注意?某个时候"暴脾气"家的拉尔斯会奇怪为什么罗阿尔德还没把狗给他还回去。他晚些时候会打电话到酒馆的,要是他不介意麻烦,甚至还可能会亲自走过去找他。也可能他走不开,何况他那暴脾气的妻子肯定也有事情想让他做。这也就是说,拉尔斯要等到明天才会有所动作,因为明天厨师就会回来了,他也会奇怪为什么罗阿尔德不在。

到了那个时候,他们就会联系警察。但要等到那个时候,要等到明天,而且可能多半要到下午了。迅速行动会被认为是操之过急。

罗阿尔德专注于自己的呼吸,杨斯·霍尔德肯定会放他走的吧,他的疯狂总归要有个限度。

不管怎么样,这家人急需帮助。这三个人都是。罗阿尔德决心要表现得尽可能友善随和,他要向他们表明,他根本就没有伤害他们的意思。他不是个威胁。

这样可能就能解决问题。

正是在这一瞬间,他突然意识到一个问题。

从垃圾到他的恐惧，到他对于这个本以为是男孩的孩子结果却是个小女孩的困惑——在这一连串到来的冲击中，他都没有注意到，杨斯·霍尔德叫她莉芙。莉芙·霍尔德，也就是被他们报告死亡的那个女儿。

现在她父亲知道他的秘密被人发现了。

这时，杨斯·霍尔德出现在门口。罗阿尔德的心脏又开始跳得飞快。需要他做什么呢？那之后呢？

"现在我给你松绑。"霍尔德在一根床柱旁蹲下，对他说。

解开绳子的过程中，它们有一瞬间把他的脚踝勒得更紧了，这让他原本就被青贮饲料收割机弄得疼痛不堪的腿越发感到一阵剧痛。接着绳子便松开了，他感觉到血液终于又能流到脚上了。他小心地动了动腿，以避免抽筋。很快霍尔德也松开了他的另一只脚。

给他的双手松绑之前，霍尔德亮出了自己的刀。他把刀放在床上罗阿尔德够不到的地方，说："你可别做什么蠢事。"

罗阿尔德决定不做任何蠢事。

霍尔德的声音是冷冰冰的，但罗阿尔德能感觉到从他身上散发出来的热气，还能看到他额头上的汗珠。他的目光也是冷漠而疏离的，可他的眼睛却是又红又肿……像是刚刚哭过。

那个女孩也出现在门口。罗阿尔德能看到她一只肩膀后面的箭袋和手里的弓。杨斯·霍尔德回头看了她一眼，马上又把注意力转回了罗阿尔德身上。"我女儿是个相当厉害的弓箭手，百发百中。我已经对她下了命令，要是你试图玩什么花样，她就射箭。相信我，她绝对不会失手。"

罗阿尔德相信他。他的四肢终于都松了绑，但他还是和刚才一样仰面躺在那里。布条还在他嘴里塞着，他还是没法说话。现在他可以用手了，他该不该把它拿掉呢？

霍尔德拿起刀，站到罗阿尔德的面前。

罗阿尔德小心翼翼地指了指他的嘴和嘴里塞着的那条不知道是围巾还是什么的、他被迫咬了那么久的东西。它尝起来、闻起来都像是羊毛和牛棚的味道。霍尔德好像还没想好该不该允许他拿掉这个。

罗阿尔德假装咳嗽起来。

"请你把它拿掉吧，爸爸。"站在门边的女孩急切地请求道。罗阿尔德听了马上咳得更加厉害了一点。不过这次他真的被呛到了。他本能地伸手去扯那布条，想把它扯下来。它缠得太紧了，他根本扯不掉。泪水涌上了他的双眼。

霍尔德似乎是从罗阿尔德的眼神中意识到了事情的严重性，他迅速抓住了打在他脑后的那个结，解开了，把那条围巾扔到床边的一堆东西上。

罗阿尔德不停地咳嗽，大口大口地喘了好一阵子，才好不容易缓过劲儿来，勉强恢复了正常呼吸。

过了一会儿，他说："谢谢你。"

杨斯·霍尔德把刀伸向罗阿尔德的手腕，死死贴住，对他说："我说什么，你就做什么，明白了吗？"

"明白。"

"很好。我需要你的帮助。我们俩要把一个浴缸抬到主楼的二楼去。"

"一个浴缸？"罗阿尔德怎么也没想到这一出。

"是的,我妻子需要洗个澡。来吧,起来。"

他驱赶着罗阿尔德沿着某条路径穿过农场院子,来到浴缸跟前,就是之前莉芙躲在背后的那个。那是个带脚的浴缸,可以直接立在地上。

只是不会有人想在这里面洗澡。搪瓷缸体的侧面和底部都有黄色斑点和黑色污垢,云杉的针叶和软管夹在缸里形成一片干燥的湖,湖面上还漂着一只林地蜗牛。杨斯·霍尔德用他那顶破旧帽子在浴缸里扫了几下,把东西清理出去,之后又把帽子戴了回去。

浴缸太重了。罗阿尔德被杨斯逼着走在前面,还没走到通向前门的台阶前,他就已经汗流浃背了。他明白了为什么杨斯·霍尔德要把外套脱了扔到一个桶里。

小弓箭手像个影子一样跟在他们身后。她显然非常了解自己的角色,她的目光从未离开过他。被这么一个邋遢的小孩子威胁,而这种威胁却又如此真实——这让罗阿尔德感到真是矛盾。他已经见识过她的箭的威力,那可不是闹着玩儿的。

莉芙为他们开了门,杨斯吩咐她就在院外等着,但弓箭要时刻准备着。

罗阿尔德已经断定他们不可能抬着浴缸穿过门厅直接去二楼。这虽然可能是最短的路线,但房子里面实在是堆了太多东西了。不过,当他走进这一片充盈着恶臭的黑暗时,他才反应过来为什么霍尔德先前出了那么多汗。东西被推到了一边,重新整理过,房子里出现了一条略宽的通道。现在看来,把浴缸搬到二楼倒是有可能的了。

这实在是太荒谬了。她都快死了。这个女人不需要洗澡。她需要专业人士的帮助。

这个活儿真不容易，无论从哪个角度看都不容易。罗阿尔德从来没有扛过这么重的东西，但他的身体显然已经接受了他逃不出这个现实，恐惧让他产生了力量。

最难的部分还是调整浴缸的角度，好让它能顺利地运进卧室。但杨斯·霍尔德早已经清晰地规划出了行动路线。毕竟把所有东西弄进这房子里的都是他，干了这么多次，他当然早已经熟门熟路。

他在床边腾出了一些空间，或者说，这里至少没有之前那么多垃圾了。谢天谢地，那桶也不在了，但房间里的臭味依然让人无法忍受。

罗阿尔德瞥了一眼那个仍然躺在床上的肥胖女人和床上的东西。床头柜上的蜡烛依然忽明忽暗，再说他也没有时间去和她对视。不过他还是注意到，羽绒被和之前不太一样了。看起来有人满怀爱意地给她掖好了被子，就像你夜里睡觉时给你的孩子盖好被子一样。

杨斯·霍尔德毫无感情地下着指令，告诉他要如何把浴缸运进去。他说他们必须把浴缸放在与床完全对齐的位置。为什么呢？好让他们能直接把她从床上滚进去？罗阿尔德担心这个可怜的女人实在是过于肥胖，很可能卡在浴缸里。天知道到时候他们要怎么把她从浴缸里弄出来呢？不过他很清楚，现在还不是表达这些担忧的时候。

尤其是当他偷看了一眼玛莉亚的脸，发现她已经死了之后。

她肯定是死了。只有死人才会那样躺着，双目圆睁，半张着嘴。她脸上似乎还挂着隐隐约约的笑。

他赶快移开目光，瞥见旁边一个空了的大药瓶。是她自己选择吞下的吗？还是……

"你那一侧有一个角下面有东西，你得把它挪开。"杨斯的命令从浴缸的另一头传来。

罗阿尔德顺从地在床头板旁蹲下，准备把卡住浴缸角的东西拿掉。他推开了地板上的一本书，还有一个空空的、破损的封皮上画着螺旋形图案的小笔记本，又捡起了一条从床上搭下来一半的羊毛毯。羊毛毯的一端还在床上，被那个女人紧紧压在身下，他费了好大的劲才把它拉出来，这动作还使得玛莉亚的左手突然从被窝里露了出来。看到她张开的手掌的那一刻，罗阿尔德呆住了：一支圆珠笔深深地陷在她皮肤的褶皱里。

他偷偷瞟了一眼杨斯·霍尔德——杨斯正站在门边，背对着他。他于是伸出两根手指，搭在玛莉亚的手腕上。没错，她确实没有脉搏了。罗阿尔德轻轻地把她的手塞回被子里。

这时，他注意到床垫和床板之间塞着什么东西，就在之前被羊毛毯遮住的地方。那是个薄薄的绿色的文件夹。他又朝门口瞥了一眼，杨斯·霍尔德正忙着把一个大纸板箱从一堆其他纸板箱上挪开。罗阿尔德搬浴缸的时候撞到了那一堆纸板箱，它现在摇摇欲坠。

罗阿尔德小心地把那文件夹抽了出来，封面上是几个草体的手写字："给莉芙。"他打开扫了一眼，发现里面全是手写的信，还有几张小字条，有一些显然是被随意插进去的。还有一张从笔记本上撕下来的纸，大概是从文件夹里掉了出来，还夹在床垫和床板之间。他几乎看不清那上面写的是什么，因为上面都是些歪歪斜斜的大写字母。

他闪电般地把那张纸片也塞进文件夹，然后一起塞进了自己的衬衫里。他也没时间去思考自己为什么会这么做，但他能感觉到自己的心脏猛烈地跳动。

他继续在浴缸边蹲了几秒钟，试图让自己平静下来，然后站起来，做了杨斯要求他做的事情：把浴缸推到床边。杨斯·霍尔德仍然背对着他，刀子别在身后的皮带上。

要是能从他身边溜出去就好了，可要怎样才能做到呢？他看了看床上的女人，开口说道：

"你妻子好像想说点什么。"

杨斯·霍尔德转过身来，盯着玛莉亚。很快他就来到了床头板旁边。

罗阿尔德往旁边挪了挪，给他腾地方。

"她刚刚想说点什么来着。"他继续撒谎。

霍尔德抚摸着死去女人的手，把脸凑了过去。

"亲爱的，"他轻声说，"你还醒着吗？"

就是此刻！罗阿尔德拔腿就跑。他一跃而起，跳过浴缸来到门边。霍尔德刚刚费力搬动的箱子就靠在原先那一堆东西的旁边，罗阿尔德凭借着身体里刚刚重新积聚起来的一股力气，把它给推倒了。箱子重重砸在地上，里面的东西碎了。罗阿尔德往外跑到走廊，推倒了身边能推倒的一切，以挡住杨斯·霍尔德的去路。几个大相框十分配合地掉落在走廊的地板上。一个落地灯翻倒在地，还拽出了一卷又一卷布匹。一个花盆架被打翻在地，连同发动机零件、罐头食品、汽油罐和各种玩具一起滚下了楼梯。有什么东西砸在了一个

245

摇摇欲坠的麻袋上,一阵难闻的臭气随即从袋子里冒了出来。

罗阿尔德下了楼,穿过门厅。他没有回头。他像先前一样一把推开沉重的前门,但这次他的恐惧和先前不同。对死亡的恐惧追逐着他,还有那难闻的气味、噪声和身后的黑暗。刚一出门,他就砰的一声把它关上了。

光线很强烈,但并不刺眼。太阳从西南方向直射到农场院子里。太阳是站在他这一边的。在一束阳光的照射下,一个弓箭手跪在地上,手里的弓瞄准了他。

罗阿尔德跑下台阶,跑向孩子和弓箭。"别射我,莉芙!"他大声喊,"我答应了你妈妈要帮助你,我还有东西要给——"

那孩子突然站了起来,指向一处尖叫起来:"停下!从那个灶的另一边绕过去!"他的脚步慢了下来。

罗阿尔德本能地做出了反应。他尖叫着来了一个急刹车,后退一步,绕着顶上放着旧灶台的那堆东西换了个方向跑。不过一秒钟的工夫,旧灶台砰的一声砸在了路上。

小女孩把弓扔到一边,双手紧紧抓着自己的头。

罗阿尔德跑向她时,心都提到了嗓子眼。这个可怜的孩子啊——这是他头脑中唯一的想法。这个可怜的孩子啊。

他靠近的时候,她跪倒在了地上。这时他才发现,她不是在盯着他,而是盯着他身后。

炼狱

罗阿尔德转过头,想看看莉芙到底在看什么。和他原本担心的不一样,那不是杨斯·霍尔德挥舞着一把刀从前门冲出来。

是杨斯·霍尔德的房子再也撑不住了。

首先是屋脊塌了下来,像是房子呼出了它的最后一口气。紧接着整栋建筑发出一声震耳欲聋的叹息。它崩溃了。一切似乎都是朝里倒下去的,除了前门——它被抛到了农场院子里。

罗阿尔德从一楼的窗户看到了一道红光。他紧紧抱住那孩子。火焰蔓延的速度很快,没过多久,二楼也被大火吞没了。

在这一片喧腾中,那孩子哭得很安静,但特别可怜。罗阿尔德蹲在她身后,用双臂搂住她抽动的身体,额头紧紧贴着她虚弱的肩膀。箭尾柔软的羽毛挠得他的脖子很痒。

"我妈妈,"他听到她说,"还有我爸爸。"

"你妈妈在我们上楼的时候就已经死了,"他用尽可能温柔的语气说,"她是在睡梦中死去的,她没有任何痛苦。你爸爸和她在一起。我见到的最后一幕是他在亲吻她。"

罗阿尔德迅速想了想自己是否有责任前去营救杨斯·霍尔德,不管机会有多么渺茫。但那是一片烧得疯狂的炼狱,没有人能活着离开那里。

"一切都发生得太快了,"他说,"你爸爸也没有任何痛苦。"

"那就好。"女孩抽泣着说。

罗阿尔德小心却坚定地将她整个身子扳转了过来,面对着自己,然后扶着她站起来,将双手放在她的肩上。

"我们现在得离开这里,"他说,"我会照顾你的,但我们现在必须离开。火势很快就会蔓延的。"

女孩又点了点头,捡起了她的弓。她背着箭袋,手里握着弓,那样子就像是个勇敢的小士兵。

她抬起头看着他。罗阿尔德不知道接下来该说些什么。她的眼里满是泪水,但她正在对他进行他所经历过的最严格的审视。她审视着他的眼睛,寻找着什么。直到发觉有泪水从脸颊滑落,他才发现自己也在哭。

看了一会儿,她似乎得出了某种结论,因为她放下了弓,坚决地把箭袋的带子举过头顶,从肩上摘下,把弹药扔在了武器旁边,看都没有再看一眼。士兵承认了战争已经结束。

"好了,那我们——"罗阿尔德开口想说些什么,却被打断了。

"这里有陷阱,所以不要跟着我,"女孩对他下了指令,她稚嫩的声音里透出令人钦佩的决断,"我马上回来。你就待在这里。"

罗阿尔德还没来得及抗议，那件棕色橙色相间的毛衣就消失在了一堆一堆的垃圾中，走出常人难以理解的路线，向牲口棚方向行进。

他又估算了一下房子的大小。他们可能还有一些时间，但是不多了。热浪朝他压迫过来，他的眼睛已经开始刺痛起来。

他看到杨斯·霍尔德的外套就扔在附近一堆垃圾中的一个桶里。罗阿尔德将它捡起。那衣服很重，已经要分崩离析了，麂皮的面料已经被磨得发亮，衬里上也磨出了几个洞。胸前的一个大口袋里，有一个厚厚的淡黄色信封。罗阿尔德把它塞进自己衣服的前口袋，焦急地寻找莉芙身影的间隙，又迅速查看了一下霍尔德外套的其他部分。

侧口袋里有一封折起来的信。

罗阿尔德有些犹豫。他一向尊重别人信件的隐私，从不随便读不是寄给他的明信片。可眼下，这情况却……

他展开信，开始读起来。

亲爱的杨斯：

不可否认，我们已经很长时间没有见面了，而这都是我的错。所以，提笔写下这封信，对我来说并不容易……

就在这个时候，莉芙从牲口棚里跑了出来。他飞快地把信重新折好，塞进了衣服的内口袋。他看到女孩身后是那匹被她赶出来的花斑灰马，还有其他几个小一点的身影，它们消失在了森林的方向。

"走吧！"她边说边从他身边跑了过去。罗阿尔德忘了霍尔德的外套，跟着她穿过农场院子，在一堆堆垃圾中蜿蜒穿行。他回头看了看房子还没有着火的部分，但飞溅的火星迟早会落到成堆的垃圾和其他建筑物上，一切只是时间问题。

这场火烧得很奇怪。房子里传出各种啸叫和嗡嗡声，还有低处的隆隆声。而与此同时，浓浓的黑烟笼罩着这建筑，又仿佛在守卫着它。这场景的上方，天空是明亮的蓝色，对地面上的惨状毫无知觉，仿佛它对这戏剧化的场面毫无兴趣，仿佛烟雾根本影响不到它半分。它似乎从这一切中抽身出来，耐心地等待着一个能让自己再次铺开的时机。"在这里等着！"莉芙又喊了一声。罗阿尔德本能地服从了她的命令。他明白现在做主的是这孩子。他是来拯救她的，可事实却是，她才是那个能把他们安全救出这里的人。他看了看那台旧的青贮饲料收割机。曾几何时，他一直觉得这种精巧的设备是农业机器设备里最不吓人的东西，它在他心目中的形象就是一只从古至今都心地善良的食草动物。而现在，他知道自己这辈子都将把这玩意儿看作一只怪兽了。

他看着她跑进那个木头建筑的一扇门，那一定是通往人们口中说的那个工作室。他大声叫她，心里却很清楚她根本就听不见。老天啊，他们真的得走了。他必须去接上她。

她的身影突然又出现在他眼前。"我拿到了，"她喊道，"走吧。"罗阿尔德像是被一根看不见的绳子拉扯着往前。她手中拿着个什么东西，他想应该是个小相框。还有另一样东西，小小的，长得不太一样，但他看不出那是什么。

她朝砾石路跑去，离火焰的距离是那么近，让人害怕。

"你不觉得我们最好走另外一边吗？"他焦急地喊着，却还是跟在孩子身后。她没有回答，只是招呼他跟着往前走。

"跑到工作室那头，然后挨着它站着。"她一边喊，一边自己也往工作室那头跑去。他紧跟在她的身后，照着她的路线跑，手扶着建筑物的包层。他发现她身上还有武器——她腰带上挂着一个皮套，里面是一把匕首，随着她的跑动晃晃悠悠，轻轻拍打在她的大腿上。

他回头看了看。火焰吐着橙红色的舌头从一扇小小的山墙窗口钻出来，大火已经蔓延到房子附近的一棵树上。屋顶的几块瓦片掉在砾石路上，一根巨大的云杉树枝出其不意地紧贴着罗阿尔德的胸部扫了过去，非常迅猛，罗阿尔德惊恐地大叫。那一定也是个陷阱，要不是有莉芙引路，那根树枝就会把他打得屁滚尿流，他更不可能快速离开这个地方了。

女孩却没有沿着离开这里的路走下去，而是在大废料斗前停了下来。罗阿尔德近乎绝望地大叫起来。

"我不会太久的，"她冲他喊道，"拿着这个。"

她递给他的是一幅旧相框框起来的小画。还有一个沙漏。一个沙漏。

然后她绕着那废料斗跑了几步，借由几个箱子和一个拖拉机轮胎爬了上去，来到最远的那个舱门。

"莉芙，请你停下来。不要再拿了……我们必须离开这里。"

但她已经消失在了废料斗里。她打开舱门的动作那么娴熟，仿佛就是件每天都要做的极其自然的事。罗阿尔德的眼神追随着她的背影，说不出话来。他马上又转过头去，紧张地看着那些建筑。

火还没有烧到农场院子在燃烧的房子的山墙尽头和木结构工作室中间的一段。这时候厨房窗户下面，那辆旧纺车的轮子骨碌碌转了起来,又有了新的生机。轮子转起来是因为火焰在它下方跳舞。火焰也烧到了上面放着炉子的那一堆东西。二楼的每个窗户都在往外喷火。

罗阿尔德突然意识到,他眼前这所房子里,被烈焰吞噬的是一对父母,而他正等待着他们年幼的女儿从一个废料斗里爬出来。她的全部世界,她所认识的一切,全都付之一炬。

这一切都感觉那么不真实。

他看向画框里的那幅画。画上是一个女人,一个美丽的女人。也许这就是玛莉亚?她的嘴就是这个样子。这画让他想起蒙娜丽莎。画的右下角有一个不显眼的签名——"杨斯"。罗阿尔德把画和沙漏全塞进了外套前面的一个大口袋里,然后从内口袋里掏出那封信,迅速展开。他的目光在纸上一行行扫过,什么也没看进去。直到最后几行,他的注意力才回到文字上:

首先,我想去看看你和你的家人,重拾我们的关系——当然,前提是你如果愿意的话。拜托了,请你给我写信好吗?或者,如果可以的话,给我打个电话。我把我的家庭地址和电话号码都列在下面了。

温暖的祝福
爱你的哥哥,莫恩斯

信尾还有一段附言,他没时间读了,因为他听到"砰"的一声,是废料斗的舱门突然关上的声音。从自己所站之处,他能感受到金属的回声。

罗阿尔德看着女孩朝他走来，把信折好，放回口袋。她一只手拿着一本书，另一只手拿着一只泰迪熊。一只泰迪熊。

她还是个孩子，只是个孩子。一个勇敢的孩子，身上带着匕首，手中却抱着一只泰迪熊。现在轮到他来照顾她了。

她跑到罗阿尔德跟前，他试探性地向她伸出手。她盯着那手看了一会儿，然后把泰迪熊夹在左臂下，腾出另一只手来，小心翼翼地牵起罗阿尔德的手。

"我们现在能跑了吗？"他问，"往'颌部'那边跑？"

她点点头，说："嗯。但我们还要小心避开另外两个陷阱。"

"好的。你来带路。"

她又点点头。两人跑了起来。

他的脚步声就像是砸在砾石路上的一声声爆破，她的脚步却一点声音也没有。她跑得那么悄无声息，他甚至要低头看看她的脚是不是真的着地了。她带着他离开铺好的道路，绕着高高的云杉，然后又回到路上，然后她领着他绕过那道他们必须侧身通过的栅栏。现在她的小手紧紧地抓着他的手。他有了一种奇怪的安全感。

走到栅栏的外侧，他们不约而同地停了下来，仿佛事先约定好一般，仿佛那栅栏是一个可以阻止火焰、阻止死亡和悲剧的装置，仿佛他们这样就安全了。

"还有陷阱吗？"罗阿尔德问他身边那位熟悉地形的向导。她摇摇头，抬头望着燃烧的家。火现在已经烧到了工作室那边，前面的大废料斗躺在那儿，像是条长长的影子，等待着自己的宿命。有几棵树着了火,它们周围的草地上也有小火苗在跳动。

想到这女孩看到这情景的感受,罗阿尔德的心都要碎了。

"你拿的是本什么书?"他问。

"是《罗宾汉》。"她低头看着书回答道。

"要我帮你拿吗?"

她点点头,把书递给了他,他把书塞进了一个上衣口袋。在背心和裤子衬里下面,还有一个绿色的文件夹贴着他的肚子。

"你一箭射穿了狗的心脏,是为了让它不再痛苦,对吧?"

她又点点头,难过地看向他。

"射得好。你做了一件好事。谢谢你。"

她脸上的神情突然亮了一下,尽管此时她还在流着泪。

"我能理解你为什么哭。"罗阿尔德低声说。

说完,他注意到莉芙原先拿着书的手里还抓着一样东西。

"还需要我帮你拿什么东西吗?"

她小心地松开拳头,亮出一块小小的琥珀:"这是爸爸的。这里面有一只很古老的蚂蚁。"

"真的?"罗阿尔德说,"等回到我家的时候我们一起好好看看。"

她点点头,自己把琥珀放进了他的口袋。

"你还想自己抱着你的泰迪熊吗?"

"嗯。"她轻声应了一句,把泰迪熊在胸前抱得更紧了些。

他发现了树桩上的那个包裹。

"那个包裹……你知道里面是什么吗?"

莉芙摇摇头。

"我们要带上它吗?"大火已经向他们的方向袭来,罗阿尔德紧张地看着。他不该问的。他们现在真的需要离开这里。

"不,"莉芙回头望着燃烧的房子说,"我想离开这里。"

她抓住他的手。他们奔跑起来。

他们转过那个急弯朝南边拐去,沿着云杉林中的砾石路一直跑,穿过白桦林,越过一小片空地,继续往前,穿过低矮的松树林和大片野玫瑰,那些玫瑰都已经凋谢很久了。他们跑啊跑,终于跑到了"颈部"。罗阿尔德突然感到一阵轻松,这轻松让他自己都觉得不适应起来。他的双脚在身下节奏均匀地摆动,她无声的脚步从他身边掠过,仿佛急促而稳定的脉搏。

他们在快到"颈部"的尽头时停了下来,转过身向后看。一股浓浓的黑烟从岬角中部向上升起,他们能看到最南端的树林后面有一道红光。也许整个岬角都会被烧个一干二净吧。也许这是一件好事。

罗阿尔德把手放在女孩的肩膀上。他能听到女孩的呼吸声,感觉到她肩膀的起伏。她也不是个超人少女。她的确能飞,但她还是需要呼吸的。

"我相信你有个好伯伯,我们得找到他。但不管发生什么事,我都会照顾你的,所以你不要担心。"

"我不担心,"她说,"你呢?"她歪着头看他。

他抚摸着她的头发说:"不,现在不担心了。"

"你叫什么名字?"

"罗阿尔德。"

"我的名字叫莉芙,我没有死。"

"我知道。"他笑了。

"你住在哪里?"

"酒馆。"

"我去过那里。"

我们需要时间

  胸前挂着白色名牌的那位女士说，我们需要时间。她读了妈妈留给我的所有信件和字条。她说我们有很多要聊的。
  她说我没有学过我同龄的孩子都学过的东西，但同时我也能做一些他们做不了的事情，而且我还见过杀人。
  她说我的生活完全颠倒了。我不太明白这话到底是什么意思。大概就是说我既不像个孩子，也不像个大人，有时候我像个孩子一样思考，有时候又像大人一样思考，我还会时常做出一些正常人不应该做的事情吧。我想他们是要教我应该如何思考、如何做事。他们不许我反锁房门，也不许我把门挡住，但我还是可以把饼干压碎、摇晃过后再吃，还有，写下我自己的想法也是一件很好的事情。我还可以重复说话。那位女士说我很擅长写作和口头表达，至于我会把时间和事情搞混，她说这完全没关系。
  我问她把人给搞混有没有关系的时候，她用奇怪的眼神看着我，点了点头。但她根本不明白。我想我不会把一切都告诉她。

她还说这一切不是我的错。这我已经知道了。

⛰

我有时会梦见爸爸。每一次的梦境都是相同的。他站在我们燃烧的房子的门口,一支箭射穿了他的心脏。我知道那是我的箭,是最好的那支箭。我也知道他要死了。

但他并没有马上倒下。他向我走近了几步,然后躺倒在了我面前的砾石路上。他的头发和胡子和以前一样蓬乱,但当他的帽子掉下来时,我发现他已经开始秃顶了。他的动作很缓慢,看上去很平静,就像月光下的牡鹿。我确信他在看着我的眼睛,他没有生我的气。这不是我的错。

然后他就闭上了眼睛。然后我就醒了。

从某种意义上讲,这是一个好梦,尽管它让我落泪。或许有一天我会把这个梦告诉那位女士,但现在还不是时候。我还想为我自己再多做一会儿梦。

窗外的花园很安静,长满了草。草地上什么也没有——什么也没有——但在花园的后面有一棵树,我每天都去和它打招呼。它的叶子都掉了,但会再长出来的。花园后面有一块田地,里面还有稻草人,我有时候也会去和它说话。它什么也不会说,但这不妨碍它倾听。农夫本来要把它拿走,但我请求他留下它,他同意了。他抽烟斗,这个我喜欢。下一次我再去和稻草人打招呼的时候,它手上就有了个烟斗。

我们这里可能快要下雪了。

这里也有一棵圣诞树,但和我们在岬角的圣诞树不一样,因为它是立在地板上的,而且上面的装饰五颜六色。我需要时间来适应。

我还需要时间适应这里的空间如此宽敞。

我和那位女士一起聊完天、写完字后,通常就会回自己的房间。我喜欢坐在那里看书、做针线活,或者是看着琥珀里的那只蚂蚁。

我还喜欢翻动我的沙漏,盯着它看。只要你给它时间,那么多的沙子都可以从一个那么小的洞里穿过去,这真是不可思议。

那位女士说,世间万物都会按照它们自己的节奏来运行。

我在想,为什么不是时间带走我们拥有的事物呢?我有大把的时间,却没剩下多少东西了。

我不知道要花上多少个沙漏的时间,才能让一小块松香变成里面有古代蚂蚁的那么一小块琥珀。那只蚂蚁是存在的,因为我能看见它。所以,是不是即使你死了,你也依然可以活着呢?一定是这样的。毕竟,我已经死了,但我却还活着呢。

我还能看到妈妈。她挂在我的床上方的墙上。

我已经不再为他们拿走我的匕首而生气了。他们让我留下了《罗宾汉》,幸运的是,还有我的泰迪熊,尽管所有人都说它很臭。我觉得它很好闻,那是森林的味道。

罗阿尔德给我带来了一幅名为《蒙娜丽莎》的画。据我所知,它曾在另一个国家展出过,而且非常有名,但现在它挂在这里了。

他说得没有错,她的笑容就和妈妈一个样。妈妈和蒙娜丽莎挂在一起。我觉得妈妈更好看。我都几乎忘了她后来长得那么胖了。

几乎。

我想念她。不过每次我从绿色文件夹里抽出一封她写给我的信来读,就有点像在跟她说话。读完后我会尽我所能给她回复,再把她的信放回去。等到我把她的信全部读完的那一天,我可能会重新开始读一遍,这样我们就可以一直聊天了。我有太多事情想要告诉她了。

有时候我会从公共休息室拿一本书过来,大声念给妈妈和蒙娜丽莎听。我不确定蒙娜丽莎是不是在听,但至少,不管我坐在房间的哪个角落,她都会看着我。我知道妈妈肯定是在听的。她是最好的倾听者。

他们告诉我岬角上的一切都被烧成了灰烬。这不算是特别伤心的事,因为很快会有新的东西长出来,小树——还有新的草和新的花。一切都会回来。即使动物也一样。我的伯伯莫恩斯说,有一天他会在那里建起一幢房子,而等到我可以离开这里的时候,就让我搬去跟他一起住。所以,我也是会回去的。莫恩斯是爸爸的哥哥。他们长得并不像,但我还是很喜欢他,因为我能感觉到他是真心爱着爸爸的。他看起来是个好人,但也有点古怪。比如,他一直在说他发明了一种很聪明的圣诞树支架,你可以在每家商店买到。我不忍心告诉他把圣诞树挂在天花板上是个更聪明的主意。

而且还不花钱。

戴着白色名牌的女士也是个好人。我想要一个人待着的时候她就让我一个人待着,她还同意我坐在我的泰迪熊旁边,只要别坐得离她太近就行。她的名牌上写着"艾尔莎",要是我奶奶有名牌的话,上面也会是这个名字。我还需要时间来适应叫她"艾尔莎",但她说这没关系。世间万物都会按照它们自己的节奏来运行。

卡尔现在已经不像我们刚搬来这里的时候那么伤心了。

还有,没错,那个废料斗也和其他所有东西一起,在那场大火中被烧毁了。这意味着我妹妹的小棺材也被烧掉了。不过这没关系,因为我把最重要的东西都带出来了,这些东西现在就在我身边:那幅画、沙漏、名为《罗宾汉》的书,还有琥珀里的蚂蚁。

还有卡尔。

还有我的妹妹。是的,事情发生的那天,我刚刚把她缝进我的泰迪熊里。这就是为什么泰迪熊闻起来有松香的味道。

但这件事我们不会告诉任何人。

(全文完)

版权说明

　　本书是虚构作品,除历史事实外,文中人物与仟何真实存在的人物(不论依然在世的或已经去世的)之间的相似之处都纯属巧合。

　　我们已尽最大努力取得一切文中涉及版权的材料(说明或引用)的必要许可,可能仍然存在疏漏之处。我们为可能出现的任何疏忽道歉,并将很高兴在未来的再版版本中做出适当的说明和致谢。